Zehnte Auflage bei Schöffling & Co. 2022,
erste Auflage dieser Ausgabe 2022

Satz: Fotosatz Amann, Memmingen
Druck & Bindung: Pustet, Regensburg
ISBN 978-3-89561-469-9

www.schoeffling.de

Markus Orths

# Lehrerzimmer

*Roman*

Schöffling & Co.

# Prolog

Drei Wochen lang habe ich keinen Fuß vor die Tür gesetzt, aus Angst, den Anruf zu verpassen. Ich habe allen, die mich kennen, verboten, sich bei mir zu melden. Nichts, habe ich gesagt, könne so wichtig sein, dass es nicht bis nach dem Anruf Zeit hätte. Als in der ersten Woche das Telefon schellte, früh am Morgen, stand ich unter der Dusche. Ich sprang, ohne den Duschvorhang wegzuziehen, hinaus, rutschte beinah aus und kam gerade noch rechtzeitig zum Telefon, kurz vorm Anspringen des Anrufbeantworters. Ich verstand nur das eine Wort *Umfrage* und knallte den Hörer zurück auf die Gabel. Zitternd vor Aufregung, nackt und tropfend saß ich auf der Couch. Fortan verzichtete ich auf das morgendliche Duschen. Ich beauftragte einen Nachbarn, mir ein schnurloses Telefon zu besorgen. Um vier Uhr morgens, zu einem Zeitpunkt, an dem die Anrufwahrscheinlichkeit gegen null tendiert, stöpselte ich das alte Telefon aus der Buchse und das neue ein. Dann befestigte ich eine

Kordel am Hörer und knüpfte ihn mir um den Hals. So, dachte ich, kann nichts mehr schief gehen. Ich ließ mir das tägliche Essen von einem Restaurantservice bringen, und mit dem Telefon um den Hals konnte ich den Lieferanten gelassen die Wohnungstür öffnen. Dann saß ich in meiner Wohnung und wartete. Den Lautstärkeregler des Fernsehers stellte ich auf die kleinste noch wahrnehmbare Stufe. Fürs Lesen fehlte mir die Muße. Ich begann zu rauchen. Regelmäßig um vier Uhr morgens kontrollierte ich mit einem kurzen Druck auf die Abnahmetaste, ob die Leitung noch intakt war, und erst wenn ich das Freizeichen vernommen hatte, war an Schlaf zu denken. Ich erinnerte mich oft an die Horrorgeschichten, die man sich im Kurs über die wenigen Menschen erzählt hatte, die im Anrufzeitraum *nicht erreichbar* gewesen waren: eine tollkühne Verantwortungslosigkeit sich selbst und dem eigenen Leben gegenüber. Einer, hieß es, sei sogar während des Anrufzeitraums in Urlaub gefahren; ein anderer habe zwar den Anruf entgegengenommen, jedoch an einem Samstag um zehn Uhr abends, und jener offensichtlich nicht mehr seiner Sinne mächtige Mensch habe allen Ernstes geantwortet, nicht jetzt, es sei Wochenende, da habe er anderes vor, man solle ihn gefälligst am Montag wieder anrufen, und unser kompletter Kurs war in haltloses Lachen ausgebrochen, als der Koordinator diese Geschichte erzählt hatte. Ich malte mir aus, was geschähe, würde ich den Anruf verpassen: ein Leben unter Brücken, Nächte in einem Obdachlosenheim, Verzweiflung, Grauen, Kälte. Aber der Griff an mein vor der Brust baumelndes Telefon beruhigte mich, ich hatte mir nichts vorzuwerfen, ich war *erreichbar*, ständig, rund um die Uhr, von der einen Sekunde um vier Uhr morgens einmal abgesehen. Ich verwahrloste in diesen Wochen, verzichtete aufs Rasieren, warf mir morgens nur eine Hand voll Wasser ins Gesicht, bekam Ringe unter den Augen, weil ich viel zu wenig schlief und stattdessen durch die Wohnung tigerte. Und als nach drei Wochen endlich das Telefon schellte, war ich so erschrocken, dass ich beim ersten Läuten nichts tun konnte. Beim zweiten Läuten krampfte sich meine Hand um den Hörer, ich stellte aber fest, dass die Kordel, die mir um den Hals hing, zu kurz war, um den Hörer direkt ans Ohr zu führen, ich musste mir die Schnur erst wie eine Kette abstreifen, ehe ich die Taste drücken konnte, und das dritte Läuten verstrich, weil ich mich dabei verhedderte, dann aber hatte ich das Telefon am Ohr und krächzte: Ja? Es war meine Mutter. Ich war sprachlos. Sie erzählte mir irgendetwas, das nicht in mein Bewusstsein drang. Nach einigen Sekunden unterbrach ich sie. Ob sie wahnsinnig sei? rief ich. Wie könne sie anrufen, jetzt, um zehn Uhr zwanzig? Ob sie nicht wisse, dass zu dieser Zeit die Anrufwahrscheinlichkeit am höchsten sei? Ob sie nicht wisse, in welchem Zeitraum ich mich befände? Ich drückte sie weg. Zwanzig Sekunden waren verstrichen. Was, dachte ich, wenn der Koordinator gerade zum selben Zeitpunkt angerufen hatte wie meine Mutter? In jenen zwanzig Sekunden? Was, dachte ich, wenn er das Besetztzeichen gehört, sofort aufgelegt und den nächsten Kandidaten auf der Liste angerufen hatte? Ich verfluchte mich für meine Langsamkeit. Ich sagte mir, ich hätte die Leitung sofort kappen müssen, gleich, unmittelbar nach den ersten Worten meiner Mutter, unmittelbar nachdem sie gesagt hatte *Ich bin es*, hätte ich schon die Taste drücken und das Telefon wieder freigeben müssen, aber nein, ich hatte mich zu dieser sinnlosen Kommunikation hinreißen lassen und wertvolle Zeit verloren. Doch ich wusste nun, was zu tun war. Ich dachte, ich darf mich nicht überraschen lassen, ich muss ruhiger werden, konzentrierter. Ich schnitt mir eine neue, längere Schnur zurecht, die mir beim Abnehmen nicht so viel Mühe bereitete. Ich meditierte fortan einige Stunden am Tag, um den Anruf in der gebührenden Ruhe entgegennehmen zu können. Ich hielt, sooft es möglich war, das Telefon bereits in der rechten Hand, um beim Läuten keine unnützen Sekunden verstreichen zu lassen. Ich schrieb einen großen Zettel und legte ihn auf den Wohnzimmertisch. *Keine Anrufe beantworten*, stand da, *außer dem einen.* Und der erreichte mich am 20. August um siebzehn Uhr vierundzwanzig. Ich saß vorm Fernseher und blieb ruhig. In einer stundenlang eingeübten Prozedur nahm ich den Hörer vom Hals, meldete mich, und als ich das Wort *Oberschulamt* vernahm, rutschte ich von der Couch und fiel auf die Knie.

# 1

Ich durchquerte die Unterführung, sah weiß geschrubbte Kacheln, Wassertropfen, ein alter Mann spielte Akkordeon und sang etwas von Heimatland, ich blieb kurz stehen und warf ihm ein Geldstück in die Tirolermütze. Dann stieg ich zur Brücke hoch, überquerte den kleinen Fluss namens Fils, ging die Johnstraße entlang, Automotoren, Dreck, Luft, kaum zu atmen. Beim Restaurant *Frühlingstau* baute ein Kellner Sonnenschirme auf. Ich bog ab, nach rechts: die Schule. Ich betrat das Sekretariat und sagte, ich wolle zum Direktor. Ich hätte, fügte ich hinzu, einen Termin, um elf Uhr. Der Direktor, so die Antwort, sei in einer Besprechung. Ich wartete und besah mir die Sekretariatstheke und die Fotos, die an der Wand hingen: Lehrer mit Leinen um den Hälsen, im Vordergrund zwei Männer, einer dick, einer groß, sie hielten die Leinen in den Händen, auf dem Kopf eine Kappe mit den Buchstaben OSA. Wenig später wurde ich ins Zimmer des Direktors gerufen. Der

Direktor wies auf einen Stuhl ihm gegenüber. Ich setzte mich. Er sei, sagte der Direktor, der Mann, der meine Beurteilung schreiben werde. Welche Beurteilung? fragte ich höflich. Er sagte, die Beurteilung am Ende des Jahres, am Ende eines jeden Jahres, er, der Direktor, schreibe sie, er, persönlich. Die Beurteilung, sagte er, entscheide über Wohl und Wehe meiner Laufbahn. Es sei, fügte er hinzu, ein Unding, dass ich nicht wisse, was es mit der Beurteilung auf sich habe, die Beurteilung, sagte er, sei das Wichtigste für die Lehrer, nur um die Beurteilung gehe es ihnen, nichts sonst habe irgendeine Bedeutung für sie. Über all meine Schritte werde er sich auf dem Laufenden halten, fügte er hinzu, nichts, sagte er, werde ihm verborgen bleiben, alles werde am Ende des Schuljahrs offen vor ihm liegen, und gerade von Neuankömmlingen mache er sich pflichtgemäß ein besonders detailliertes Bild. Ich nickte ihm zu und rührte mich nicht. Warum, fragte der Direktor nun, während er mich musterte, warum ich nicht in Göppingen wohnte? Ich sagte, ich hätte bislang noch keine Gelegenheit gefunden, *keine Gelegenheit*, unterbrach mich der Direktor, was das heißen solle, keine Gelegenheit, das sei nicht zu akzeptieren, ich sei doch bereits seit zwei Wochen davon unterrichtet, dass ich hierher, nach Göppingen, ans ERG kommen werde, keine Gelegenheit, sagte er, das sei alles andere als ein guter Start. Wann, fragte er, ich denn gedächte umzuziehen? So bald als möglich, sagte ich und beeilte mich hinzuzufügen, ich sähe vollkommen ein, dass die Entfernung zwischen Dienst- und Wohnort nicht die günstigste sei, *allerdings*, unterbrach mich der Direktor, das sei eine unverrückbare Tatsache, er lasse da nicht mit sich reden, wer hier arbeite, müsse auch hier wohnen, all seine Lehrer wohnten in Göppingen, er persönlich habe dafür gesorgt, dass all seine Lehrer in Göppingen wohnten, und auch ich käme nicht darum herum, in Göppingen zu wohnen, wenn ich hier, unter ihm, arbeiten wolle, Göppingen, sagte er, sei doch eine schöne Stadt. Ja, sagte ich, selbstverständlich würde ich mich bemühen, schnellstmöglich eine Wohnung zu finden, um die Scharte, welche ich mir mit dem fehlenden Göppinger Aufenthaltsplatz eingehandelt hätte, auszumerzen, *dazu*, sagte der Direktor, sei es freilich jetzt zu spät, er habe es quasi schon in die Beurteilung geschrieben, im Geiste sähe er die Beurteilung bereits vor sich, ich, Studienassessor Kranich, hätte es versäumt, zu Dienstantritt eine geeignete Wohnung am Dienstort vorzuweisen, mehr noch, Studienassessor Kranich sei sich bei Dienstantritt nicht der Tragweite der Beurteilung seitens des Direktors bewusst gewesen. Ich versuchte ihm, während er redete, einen demütigen Blick zuzuwerfen, aber es gelang mir nicht, zu sehr bewegte der Direktor seinen Kopf während der Ansprache hin und her, und jetzt schwieg er und überflog das Bewerbungsblatt. Ich hätte, sagte er, gar keine Klasse angegeben. Was für eine Klasse? fragte ich. Eine Klasse, für die ich als Klassenlehrer verantwortlich zeichnen wolle. Ich, sagte ich, hätte gedacht, dass ich als Neuankömmling vielleicht zunächst, *das wäre ja noch schöner*, unterbrach er mich, gerade als junger Lehrer sei es schlichtweg meine Pflicht, eine Klasse zu übernehmen, das fange ja gut an, gleich zu Beginn wolle ich mich den schwierigen Aufgaben entziehen, keine Klasse, sagte er und schrieb etwas auf seinen Block, dabei brach ihm der Bleistift ab, er griff nach einem Spitzer, spitzte den Bleistift, nahm den Block, auf dem die abgespitzten Bleistiftwinden lagen, führte ihn zum Mülleimer, schob die Bleistiftwinden hinab, pustete dann die Reste des Bleis vom Block, legte den Block neben sich, sah noch einmal auf das Blatt, las, was er geschrieben hatte, riss das Blatt dann ab und legte es in eine der Ablageschalen zu seiner Linken, ehe er sich mir wieder zuwandte. Er wolle nun ganz offen zu mir sprechen, sagte er. Nach allem, was schon vorgefallen sei, rate er mir aufzuhören. Noch ehe ich angefangen hätte. Noch ehe ich auf den Lehrerzug aufgesprungen sei, solle ich kehrtmachen, weggehen, mich anderweitig betätigen, alles, nur nicht Lehrer. Er habe sich gestern ein Kontrollvideo von Schulstunden angesehen, die ich im Referendariat gehalten hätte, grauenhaft, sagte er, grauenvoll, ganz und gar unbrauchbar, in jeder Hinsicht als Lehrer eine Niete, die Fragetechnik, sagte er, unglaublich, Fragetechnik nicht vorhanden, die ganze Schulstunde ohne erkennbare Fragetechnik, die Fragetechnik, sagte er, sei das wesentliche Merkmal, das einen guten Lehrer auszeichne, die Fragetechnik sei alles. Es gehe ja schließlich darum, die Schüler dorthin zu führen, wo man sie haben wolle, sie mit den Fragen so in die Enge zu treiben, dass schließlich nur noch die einzig richtige Antwort übrig bleibe, die *Lösung*. Nur dann könne man den Schüler, der als Erster in die Falle getappt sei, belohnen. Ob ich noch nie den Gesprächen der Schüler nach einer Prüfungsarbeit gelauscht hätte? Alles drehe sich in solchen Gesprächen darum, herauszubekommen, was der Lehrer habe *hören wollen*, alles drehe sich um die sogenannte *Lösungserwartung*. Nein, Lehrer sei gewiss nicht der Beruf, der für mich als erstrebenswert zu bezeichnen sei, fuhr der Direktor fort, meine Fragen seien viel zu offen gewesen, in jeder Hinsicht, dieses Schweigen, fast eine Minute lang, Frage gestellt, eine Minute geschwiegen, ineffizient, bringe nichts, das sehe man doch, das müsse man doch merken. Die Schüler wollten *klare* Fragen, wollten Brücken, Hilfen, sie wollten ja all das aus dem Schädel des Lehrers kratzen, was dieser in den Vorbereitungsstunden hineingekippt habe, sie wollten den Lehrerschädel quasi auslöffeln und das Vorbereitete, Gewisse, Sichere von der Tafel ablesen, um es aufsaugend abzuschreiben und in ihren Heften mit nach Hause zu nehmen. Er hustete eine Weile, beruhigte sich, und während er schwieg, beeilte ich mich, ihm zu versichern, dass ich selbstverständlich bereit sei, eine Klasse als Klassenlehrer zu übernehmen, ich hätte lediglich übersehen, an der betreffenden Stelle ein Kreuz zu machen, und ich bat ihn, mir noch eine Chance zu geben. Er wischte meine Worte mit einer Handbewegung weg und sagte, sicher, sicher, ich bekäme meine Chance, wenn ich darauf bestünde, er habe nur offen zu mir sprechen wollen. Der Direktor vermerkte, nachdem er sich geschnäuzt hatte, zwei Kreuze auf dem Personalbogen, *zwei* Klassen, sagte er, er werde mir gleich zwei Klassen geben, damit ich von Anfang an wisse, woher der Wind wehe, und ich sagte, selbstverständlich, zwei Klassen.

# 2

Er wolle mich nun, fuhr der Direktor fort, so, wie bei jedem Einstellungsgespräch, in die Geheimnisse des Schullebens einweihen, ohne eine Sache zu beschönigen, schonungslos sozusagen wolle er mir mitteilen, was mich erwarte. Man könne, sagte er, vier Säulen unterscheiden, auf welche das gesamte Schulsystem sich stütze: Die Säulen nenne er Angst, Jammer, Schein und Lüge. Die Lüge, sagte er gleich zu Beginn, das solle ich verinnerlichen, sei das Elixier der Schule. Jeder hier an der Schule lüge. Er, der Direktor, zuallererst. Nichts von dem, was er sage, müsse zwangsläufig der Wahrheit entsprechen, nie, sagte er, könne ich mir sicher sein, dass er das, was er verspreche, auch halte. Ein von ihm gegebenes Versprechen sei kein Versprechen im eigentlichen Sinne, oft genug seien Lehrer zu ihm ins Direktorat gekrochen und hätten zu ihm aufschauend gebettelt: Aber Sie haben es doch versprochen! Er aber, der Direktor, rücke dann in steter Regelmäßigkeit mit einem schon berüchtigt gewordenen Wortspiel dem armen, im Staub des Direktionszimmers liegenden Lehrer zu Leibe, indem er sich der Doppeldeutigkeit des Wortes *versprechen* bediene und so tue, als wisse er von nichts. Die Backen des Direktors blähten sich. Ob ich ihm folgen könne? fragte er. Ich nickte. Und ich könne nur überleben, fuhr der Direktor fort, wenn ich mich dem hier üblichen System der Lüge anschlösse. Gesetzt den Fall, ich hätte eines Morgens keine Lust, zum Unterricht zu erscheinen, sei aber körperlich durchaus dazu in der Lage, was ich dann täte? Ich würde selbstverständlich kommen, sagte ich. Gut so, sagte der Direktor, ich würde schnell lernen: die erste Lüge. Nein, sagte er, ich hätte anzurufen und zu sagen, ich fühlte mich nicht wohl. Er aber, der am anderen Ende der Leitung sitze, würde ganz genau wissen, dass ich nicht die Wahrheit sagte. Aber das sei kein Problem für ihn. Er sähe darin, dass ich nicht die Wahrheit sagte, andere Qualitäten. Er sähe den guten Willen, den ich an den Tag legte, den guten Willen, mich dem System zu beugen, meine Bereitschaft, das Spiel mitzuspielen. Wehe aber, sagte er nun, ich würde bei der Wahrheit bleiben. Die Wahrheit sei ein offener Affront, eine Revolution, ein Schlag in seines, des Direktors, Gesicht. Die härtesten Maßnahmen hätte er zu treffen im Falle einer Wahrheitskonfrontation. Ob ich rauchen würde? fragte er mich nun. Mit einem schnellen Blick überflog ich den Schreibtisch, konnte keinen Aschenbecher ausmachen und verneinte. Da schnüffelte der Direktor misstrauisch und sagte, aber er rieche Rauch. Das müsse daran liegen, sagte ich, dass im Zug nur noch ein Platz im Raucherabteil frei gewesen sei. Also Nichtraucher? fragte der Direktor. Ja, sagte ich. Das sei gut so, er könne keine Raucher brauchen, er hasse Raucher. Dennoch habe er eine Raucherecke einrichten müssen, in seiner Schule. Er habe sie sinnigerweise neben die Müllcontainer platziert, aber noch nie habe sich ein Raucherlehrer über diese Nähe zu den stinkenden Containern beschwert. Die ließen eben alles mit sich machen, die Lehrer. Ja, man sei sogar so weit gegangen, regelmäßige Folterungen einzuführen, um herauszufinden, was so ein Lehrer auszuhalten in der Lage sei. Diese Folterungen fänden hier, im ERG, mittwochs in der sechsten Stunde statt. Ein jeder sei verpflichtet, den Folterungen beizuwohnen. Man bezeichne die Folterungen als Konferenzen. Nichts von dem, was er, der Direktor, während einer Konferenz sage, würde irgendeinen Sinn ergeben, die Lehrer aber seien trotzdem verpflichtet, so zu tun, als ergäbe es einen Sinn. Beispielsweise jene berühmten Diskussionen, die dort enden, wo sie begonnen haben. In der Direktorenausbildung lege man auf die Kunst der Kreisdiskussionsführung besonderen Wert. Er, der Direktor, habe lange an seiner Technik der Kreisdiskussionsführung gefeilt. Die wichtigste Regel dabei sei ziemlich simpel: Ende gleich Anfang. Am Ende der Diskussion stehe man genauso da wie am Anfang, nämlich ratlos. Und eigentlich müssten die Lehrer dann aufbegehren und sagen, was alle dächten: dass sich nichts geändert habe. Aber sie würden eher verrecken, die Lehrer, als sich zu melden, denn alle wollten nach Hause, allen ginge es nur darum, die Kreisdiskussion so schnell wie möglich hinter sich zu bringen. Und so recke einer von ihnen irgendwann beide Arme – ich müsse wissen, wer beide Arme recke, wolle nicht irgendeine gewöhnliche Belanglosigkeit von sich geben, nein, dazu bräuchte man nur eine einzige Hand zu heben, wer aber beide Arme recke, stelle einen *Antrag zur Geschäftsordnung*, meist gegen dreizehn Uhr dreißig, da, Achtung, zwei Arme, Herr Safft, Antrag zur Geschäftsordnung, ja? Herr Safft: Ob man über ein Beenden der Debatte abstimmen könne? Bei einem Antrag zur Geschäftsordnung müsse man mitten im Wort das, was man sage, abbrechen, mitten im Satz die Debatte beenden, um den Antrag anzuhören. Es bliebe keine Wahl, man müsse, sei einmal ein Antrag zur Geschäftsordnung eingereicht, diesem Antrag folgen, es sei denn, unmittelbar nach dem ersten Antrag zur Geschäftsordnung stelle ein Kollege einen weiteren Antrag zur Geschäftsordnung, um darüber abzustimmen, ob man den ersten Antrag zur Geschäftsordnung ablehnen solle, was wiederum einen neuen Antrag zur Geschäftsordnung nach sich ziehen könne und so fort. Aber die Lehrer seien meist gottfroh, dass einer von ihnen den sogenannten Abwürgeantrag gestellt habe, ja, seufze man erleichtert, das Ende der Kreisdiskussion sei in Sicht, man stimme gerne ab, Ergebnis: 57 zu 12, die Debatte sei beendet. Der Direktor verschnaufte eine Weile, stand auf und strich ein Staubkorn vom Blatt einer Grünpflanze, trat vor die Galerie der Porträts seiner Vorgänger, als Letztes in der Reihe war sein eigenes Konterfei zu sehen, vor dem er nun stehen blieb und sich, als stünde er vor einem Spiegel, die Haare aus der Stirn strich. Dann setzte er sich wieder und fuhr fort. Die Konferenzen seien nur eine von zahlreichen Lehrerqualen, die vom Oberschulamt in die Wege geleitet worden seien, eine andere seien die sogenannten Besuche, bei welchen Oberschulamtspolizisten dem Unterricht der etablierten Lehrer beiwohnten und immer genau das kritisierten, was sie sähen: Habe der Lehrer eine Gruppenarbeit in die Stunde eingeflochten, fehle der Einsatz der Lehrerpersönlichkeit; folge der Lehrer dagegen dem Prinzip des Frontalunterrichts, so sei die Stunde zu lehrerzentriert. Habe der Lehrer einen Text für die Stunde kopiert, so sei der Text schlecht ausgewählt; stünde der Text im Lehrbuch, so sei er falsch eingesetzt. Nehme man eine Folie, so sei es der falsche Zeitpunkt; verwende man ein Tafelbild, sage man, warum keine Folie? Es gebe kein Entrinnen, sagte der Direktor, sich den Qualen der Bewertung und der Willkür zu entziehen. Und aus diesen Qualen sei mit der Zeit eine Angst erwachsen, inzwischen der wichtigste Pfeiler des Systems, eine Angst, die nun über allem schwebe, sozusagen die Königin der Geißeln, die innere Kraft des gesamten Systems. Er meine nicht nur die Angst der Lehrer vorm Oberschulamt, vorm Direktor, vor den Schülern, vor den Eltern, er meine auch die Angst der Schüler vorm Direktor, vor den Eltern, vor den Lehrern und die Angst des Direktors vor den Eltern und vorm Oberschulamt sowie die Angst des Oberschulamts vor den Ministerialbeamten, die

Angst der Ministerialbeamten vorm Kultusminister, die Angst des Kultusministers vorm Ministerpräsidenten und die Angst des Ministerpräsidenten vor den Wählern, vielmehr den möglichen Nichtwählern, also den Eltern, vertreten im Elternbeirat: Die Angst sei der Kitt, der alles zusammenfüge. Die Angst sei den Lehrern mit der Zeit zu einer zweiten Haut geworden, und so habe es eines Ventils bedurft, die Angst habe sich Luft verschafft im endlosen Ausstoßen des sich selbst wiederholenden Jammers, die dritte Säule. Und der oberste Jammersatz: Wie schlecht die Schüler seien! Sie wüssten nicht, wer de Gaulle sei, nicht, was Vichy bedeute, ja, nicht mal, was am 1.9.39 geschehen sei, sie schrieben Hitler mit zwei t, sie wüssten nicht, wie lange der Zweite Weltkrieg gedauert habe, ja, sie wüssten nicht einmal, dass es überhaupt einen *Ersten* Weltkrieg gegeben habe, man müsse froh sein, wenn sie Krieg überhaupt mit *ie* schrieben! Und dann die Korrekturen! Da sitze man Wochenende für Wochenende, Englisch Leistungskurs, ein Schüler habe einen Ausdruck hingekritzelt, von dem man genau wisse, dass kein Englischsprachiger ihn je verwenden würde, das sage einem deutlich jeder Funke Sprachgefühl, aber nein, nie könne man sich rein auf das Sprachgefühl verlassen, immer müsse man alle Möglichkeiten ausschließen, und es reiche nicht, im Langenscheidt nachzuschlagen, nein, im Langenscheidt stehe nichts. Vielleicht im Oxford? Nein. Im Collins? Nein. Also müsse man in die Bibliothek nach Stuttgart fahren und im zehnbändigen Harper nachschlagen, da, tatsächlich, da stehe der Ausdruck, den der Schüler verwendet habe, zwar veraltet, aber immerhin, er sei irgendwann einmal von irgendeinem Englisch sprechenden Menschen im 14. Jahrhundert aufgeschrieben worden, und daher könne man dem Schüler keinen Fehler ankreiden, lediglich unterschlängeln dürfe man den Ausdruck. Ich solle mir also gut überlegen, sagte der Direktor nun, während er auf die Uhr sah und sich erhob, ob ich in den endlosen Chor des Lehrerjammers einstimmen wolle. Er habe nun keine Zeit mehr, mich über die vierte Säule der Schule aufzuklären, den Schein, die Tatsache also, dass ein jeder, der hier lebe und arbeite, so tue, als ob, auch er tue nun gerade so, als ob er keine Zeit mehr hätte, in Wahrheit habe er alle Zeit der Welt, auch er sage nun, er warte noch auf einen Anruf, in Wahrheit wolle er nur noch ein Stündchen in seinem Sessel dösen, alle, sagte er, täten hier so, als ob, täten so, als seien sie gute Lehrer, als seien sie interessierte Schüler.

Doch wenn alle immer so täten, als ob, bestehe eigentlich kein Unterschied mehr zwischen dem Als-ob und der Wirklichkeit, aber dies sei ein heikles philosophisches Thema, das er ein andermal mit mir erörtern wolle, und wenn ich weiter keine Fragen hätte, solle ich nun so tun, als hätte ich ihn verstanden und pünktlich zum Arbeitsbeginn am 15. September zur feierlichen Verbeamtung erscheinen, hier, bei ihm, im Büro, mit den übrigen vier Kandidaten. Dann gab er mir die Hand, setzte sich und schenkte mir keine Beachtung mehr. Ich ging an den Sekretärinnen vorbei, die mir freundlich zunickten, ein wenig mitleidig fast, schien mir, denn die Tür war die ganze Zeit offen gestanden und sie hatten alles mit anhören müssen. Ich trat auf den Flur und nahm zum ersten Mal diesen Geruch wahr, ein Gemisch aus Holz und Linoleum, kaltem Beton, Wandfarbe, Pflanzenausdünstungen, ein klein wenig Schweiß. Ich ging langsam den Gang entlang, die Treppe hinab, am Getränkeautomaten vorbei, die Glastür hinaus, dort die Raucherecke, dicht bei den silbergrauen Müllcontainern. Vorm Restaurant *Frühlingstau* standen Tische und Sonnenschirme, unter denen sich der Staub und Dreck der Straße stauten. Der Kellner, weiß geschürzt, ergraut, ein Stoppelbart, schiefe

Zähne, hoch aufgeschossen, stellte einen Lammbraten auf den Tisch, an dem ich gerade vorbeiging und sagte zu den Gästen: Das Schweigen der Lämmer.

# 3

Ich war lange vor Beginn der ersten Gesamtlehrerkonferenz, der sogenannten Schuljahreseröffnungskonferenz, in Göppingen, ich hatte einen frühen Zug genommen und stand rauchend im Bahnhofsbereich. Ich hatte den Kragen meiner Jacke hochgeschlagen und sah mich ab und zu um. In der Unterführung traf ich wieder auf den Akkordeonspieler. Ich wunderte mich, dass er schon so früh unterwegs war, und da ich noch ein wenig Zeit hatte, sprach ich ihn an. Er hatte schlechte Zähne und konnte nicht deutlich reden, außerdem war mein Kopf so voll von all den Dingen, die in den nächsten Stunden auf mich warteten, dass ich ihm nicht mit der nötigen Konzentration folgen konnte. Ich dachte an die erste Schulstunde heute in der 11b. Die letzten zwei Wochen hatte ich voll und ganz genutzt und mir die Raabits-Ordner und alle für die elfte Klasse gängigen Englischbücher und CDs sowohl des Klett- als auch des Hueber- und Cornelsenverlags kommen lassen, hatte aus den Materialien einen detaillierten Stoffverteilungsplan erstellt und die komplette erste Einheit von dreizehn Schulstunden plus Puffer samt Klausur und Lösungserwartung in meinem Ordner zu Hause sauber abgeheftet. Das beruhigte mich, das gab mir ein wenig von der Sicherheit, die ich brauchte, um den ersten Schultag zu überstehen. Und für die allererste Schulstunde, die wichtigste Stunde im Laufe des Schuljahres überhaupt, die Stunde, die, wie man mir gesagt hatte, sich in die Köpfe der Schüler einbrennen und darüber entscheiden würde, in welche Kategorie Lehrer sie mich auch in Zukunft einordneten, für diese Stunde also hatte ich ein ganzes Wochenende geschuftet, hatte vier Methodenwechsel eingebaut und eigens einen Einstieg neu kreiert, der sich mit jedem Prüfungslehrprobeneinstieg hätte messen können. Ich warf nun dem Mann am Akkordeon etwas Geld in die Mütze und ging los. Ich hatte die Nacht kaum schlafen können und sah reichlich mitgenommen aus, als ich mich im Glas der Eingangstür spiegelte. Da tauchte aus dem Tiefgaragenausgang ein älterer Mann mit Schultasche auf, sein Gesicht hing ein wenig herab, er nickte mir kurz zu, war schon an mir vorbeigegangen, drehte sich dann aber um und fragte mich träge: Erster Schultag? Ich nickte. Wir traten gemeinsam durch die Tür. Nebeneinander stiegen wir die Treppe hoch. Krämer, sagte er, Oberstudienrat. Kranich, sagte ich, Studienassessor. Noch sieben Wochen, sagte er. Ich sah ihn fragend an, aber er stierte nur auf die nächste Treppenstufe.

Das Sekretariat lag genau in der Mitte zwischen dem Büro des Direktors und dem seines Stellvertreters. Herr Kranich, empfing mich die erste Sekretärin, gut, dass Sie so früh da sind, Sie sollen sofort zum Stellvertreter kommen. Ich klopfte, Herr Bassel bat mich herein, er zeigte auf einen Stuhl, und ich setzte mich. Ich bin noch keine zehn Minuten im Büro, schnaufte Bassel, da ruft schon der Erste an und meldet sich ab. Für die ganze Woche. Erkältet! Als ob das ein Grund wäre zu fehlen! Und gleich die ganze Woche! Woher will der jetzt schon wissen, rief Bassel, wie lange die Erkältung dauert? Kranich, ich geb Ihnen einen guten Rat, gleich zu Beginn: Bleiben Sie gesund! Und sollten Sie doch einmal krank werden, schleppen Sie sich trotzdem her! Ein kranker Lehrer ist besser als gar keiner. Unterrichtsausfall, sagte Bassel und verzog das Gesicht. Wissen Sie, wie viel Zeit ich hier täglich mit dem Erstellen des Vertretungsplans vergeude? Einmal, sagte Bassel, ein einziges Mal nur in meiner Laufbahn als Stellvertreter habe ich einen Zettel ans Schwarze Brett gehängt, auf dem alles weiß war, ein schönes, herrliches, strahlendes Weiß, keiner krank, keiner in Sonderurlaub, keiner auf diesen unnützen, zeitraubenden, Unterrichtsausfall fördernden Fortbildungen, alle waren sie da, alle, es war der 17. Oktober 1991, das weiß ich noch wie heute, ich habe das Blatt noch, es muss irgendwo hier liegen, soll ich es Ihnen zeigen, es ist eigentlich nur ein unbeschriebenes weißes Blatt mit nichts drauf, ach was, Kranich, wir müssen uns beeilen, ich zeige es Ihnen ein andermal. Was ich Ihnen eigentlich sagen wollte, Kranich, ist Folgendes: Sie selbst sind ja bereits, ohne es zu wissen, ein Opfer dieser kranken Lehrersubjekte geworden. Herr Beuten ist für das nächste halbe Jahr außer Gefecht, Bandscheibenvorfall, lächerlich, als ob man nicht auch im Sitzen unterrichten könnte, die Schule ist ja für Rollstuhlfahrer ausgerichtet. Aber diese kriminellen Ärzte haben ihn krankgeschrieben. Und das Oberschulamt hat eine Krankheitsvertretung mit falscher Fächerkombination geschickt. Ich musste den Stundenplan ändern, und Sie, Kranich, haben dabei die 11b verloren. Stattdessen übernehmen Sie die 10d. Das ist eine Ehre übrigens, denn dort sitzt der Sohn des Direktors, persönlich, und die Klasse mit dem Sohn des Direktors kriegt im Allgemeinen nur die allerbesten Lehrer, in Ihrem Fall muss sich das erst noch rausstellen, der Direktor scheint ja keine besonders hohe Meinung von Ihnen zu haben, ist ja egal, was ich sagen will, 10d statt 11b, die erste Stunde ist schon heute, Lehrwerk Klett, erste Fremdsprache, 19 Schüler, nur die Besten, sieben von ihnen sind zweisprachig erzogen, die werden sich jeden Fehler notieren, den Sie machen, bei mehr als zwei Fehlern pro Stunde kann das negative Auswirkungen auf Ihre Beurteilung haben, aber das nur in Klammern, was ich sagen will, ist, das dürfte ja kein Problem für Sie sein, Klasse 10 statt 11, eine gute Klasse, freuen Sie sich, Kranich. Haben Sie noch Fragen? Nein? Dann einen guten Start. Ich fragte im Sekretariat nach dem Lehrbuch für die Stufe 10, die Sekretärin sagte, ich solle in der Lehrerbibliothek nachsehen, ich nickte, verließ das Sekretariat und ging Richtung Lehrerzimmer.

Es sollte das einzige Mal bleiben, in dieser Woche, dass die Tür des Lehrerzimmers offen stand, eine Tatsache, die dem Umstand zu verdanken war, dass unermüdlich Lehrer das Lehrerzimmer betraten und Lehrer das Lehrerzimmer verließen. Bis auf den Flur hörte man die verschiedensten

Rufe. Ich schloss kurz die Augen, holte tief Luft und wollte gerade eintreten, als ich einem der Lehrer in die Arme lief. Ach, das ist gut, sagte er und zog mich wieder vom Lehrerzimmereingang zurück auf den Flur, Sie sind einer von den Neuen, haben Sie einen Augenblick Zeit, Linnemann mein Name, Studienrat, es gibt kaum noch Kopierpapier, das glaubt man nicht, erster Schultag und kein Kopierpapier, kommen Sie, wir müssen in den Keller, das ist freundlich von Ihnen, dass Sie mich begleiten, wie ist Ihr Name, wissen Sie, ich kann mir Namen sowieso nicht merken, aber sagen Sie ihn ruhig.

Ich: Kranich.

Linnemann: Fächer?

Ich: Englisch, Deutsch.

Linnemann: Oberstufe?

Ich: Ja, eine 11, das heißt, nein, nur eine 10, also eigentlich zwei 10en, jetzt, mit der 10 in Englisch.

Linnemann, bleckend: Also Sie sollten schon wissen, welche Klassen Sie haben, Kranich.

Ich: Das liegt daran, dass ich eben erst…

Linnemann: Welche 10 ist es denn?

Ich: 10d.

Linnemann: Auch das noch.

Ich: Was?

Linnemann: Sie wissen, wer in der 10d sitzt?

Ich: Der Sohn des Direktors?

Linnemann: Höllinger, Horst.

Ich: Horst?

Linnemann: Hat schon zwei von uns auf dem Gewissen.

Wir stiegen, beide Arme voll Kopierpapier, wieder hoch, kommen Sie, rief Linnemann, in fünf Minuten geht's los, wir müssen uns beeilen, ich betrat mit den Papierpacken das Lehrerzimmer und konnte nicht auf die Lehrer achten, die rechts und links und vor und hinter mir unterwegs waren, ich folgte einfach Linnemann, hier entlang, rief er, da drüben steht der Kopierer, Papierstau, hörte ich eine Stimme vom Kopierer, noch dreieinhalb Minuten, rief jemand, Sie müssen Herr Kranich sein, sprach mich eine Frau an, Klüting, mein Name, das Papier wurde immer schwerer, Linnemann hatte ich aus den Augen verloren, Fachabteilungsleiterin Englisch, sagte Frau Klüting, wir haben morgen eine Fachkonferenz, bei der es um die Frage geht, ob wir uns weiter der Klett-Diktatur beugen oder fürs nächste Jahr endlich das Cornelsen-Lehrwerk einführen, das dürfte auch für Sie interessant sein, Sie sind doch Englischlehrer, was machen Sie denn mit dem Papier da? Sievers, Erdkunde, Sport, das ist *mein* Tisch, Sie können das Papier nicht einfach, hierher, hörte ich Linnemanns Stimme, griff mir das Papier und nickte Herrn Sievers zu, tut mir Leid, sagte ich und wollte mich wieder an Klüting wenden, auf die stürmte aber gerade ein Lehrer zu, Gisela, rief er, Gisela, ich hab's dir hundertmal gesagt, nicht die 8c, hab ich gesagt, nicht die 8c, alles, nur nicht die 8c, und was hab ich gekriegt – die 8c, das tue ihr leid, sagte Gisela Klüting, aber ihr seien da die Hände, sie müsse eben auch, wenn da von oben was komme, sagen Sie, rief mir jemand ins Ohr, haben Sie die Schnabeltassen gesehen, die stehen sonst immer hier auf dem Schrank, ich schüttelte den Kopf, sechs Uhr fünfundzwanzig, schrie jemand neben mir, das glaubt man nicht, sechs Uhr fünfundzwanzig ruft eine Mutter bei mir an, heute Morgen, um ihren Sohn zu entschuldigen, Bronchitis, sechs Uhr fünfundzwanzig, das musst du dir vorstellen, und zwar bei *mir*, nicht im Sekretariat, nicht bei Bassel, nicht bei Höllinger, nein, bei mir, *letztes Jahr* war das, hörte ich eine andere Stimme, vor der Notenkonferenz, da sagt der mir, Frau Straub, machen Sie aus der fünf 'ne vier, ich sag, ich denk nicht dran, das ist 'ne fünf, Frau Straub, sagt der, machen Sie 'ne vier draus, das ist der Schiedle Philipp, der Sohn vom Schiedle

Heribert, der ist nicht schlechter als vier, ich sag, ich kann doch nicht die ganzen Klausuren umkorrigieren, nein, sagt der, das können Sie nicht, aber mündlich, sagt er, war der doch bestimmt zwei, der Philipp, nein, sag ich, sechs war der, nichts gesagt, das ganze Schuljahr, zum letzten Mal, sagt er, machen Sie aus der fünf 'ne vier, Marxismus, rief ein anderer Lehrer, endlich raus aus dem Lehrplan, wurd auch Zeit, weg mit dem Zeug, weg mit den Marx-Engels-Schinken, fachfremd, rief jemand neben mir, wer bin ich eigentlich, was hab ich denn studiert – Mathe, Physik – und was muss ich unterrichten – Musik – jedes Jahr dasselbe, aber gut, wenn der das will, mir soll's recht sein, aber eins sag ich euch gleich, gesungen wird nicht, die sollen die Fläche von Schallplatten ausrechnen oder Noten mit dem Zirkel malen, aber gesungen wird nicht, das sag ich euch gleich. Ich schlug mich endlich zu Linnemann durch und legte das Papier auf das Schränkchen neben den Kopierer. Ich danke Ihnen, sagte Linnemann. Plötzlich wurde es ruhig. *Der Chef*, flüsterte eine junge Frau, die an der Wand stand und einen Ordner an die Brust gepresst hatte. Höllinger trat ein.

# 4

Im Namen der Kultusministerin, des Oberschulamtspräsidenten und des Schulträgers wolle er, Höllinger, alle hier versammelten Kollegen herzlich zur ersten Gesamtlehrerkonferenz des neuen Schuljahres begrüßen, die hiermit eröffnet sei. Wie man anhand der ausgeteilten Tagesordnungspunktezettel ersehen könne, sei Tagesordnungspunkt eins dem Thema *Sicherheit* gewidmet, Tagesordnungspunkt zwei der Vorstellung der neuen Kollegen, Tagesordnungspunkt drei zum Thema *Kreativität* finde im Anschluss an den regulären Unterricht, also nach der fünften Stunde um zwölf Uhr fünfzehn statt. Bevor man nun in einen fruchtbaren Austausch trete, erachte er, Höllinger, es als seine Pflicht, sich zunächst bei den neuen Kollegen dafür zu entschuldigen, dass keine Arbeitstische für sie zur Verfügung stünden, aber die Situation sei die, dass gerade über einen Ausbau der Schule verhandelt werde, und solange der Gemeinderat kein grünes Licht gebe, müsse man sich mit dem wenigen Platz begnügen, der einem beschieden sei, was er, Höllinger, sehr bedaure, aber er habe die Schule ja schließlich nicht erbaut und könne nichts dafür, dass sein eigenes Büro genauso groß sei wie das Lehrerzimmer. Die neuen Lehrer könnten sich aber einen Stuhl aus dem Keller holen und sich vor die Bücherregale der Bibliothek hocken, von denen einige zu diesem Zweck leer geräumt worden seien. Höllinger machte eine Pause, betrachtete den Zettel mit den Tagesordnungspunkten, dachte einen Augenblick nach und beugte sich dann zum Stellvertreter, die beiden wechselten einige Worte, der Stellvertreter nickte, und Höllinger sagte, da man nun gerade schon bei den neuen Kollegen sei, habe er soeben im kleinen Führungsgremium beschlossen, den Tagesordnungspunkt zwei vorzuziehen, dabei handle es sich, wie man sehen könne, um die Vorstellung ebendieser neuen Kollegen, und er bitte darum, die Änderung der Tagesordnungspunktereihenfolge im Protokoll zu vermerken. Höllinger erwähnte zunächst die Unterreferendare, die noch nicht anwesend waren, weil sie die ersten Wochen geschlossen im Seminar verbrachten, drei Unterreferendare, sagte er, darunter zwei Frauen. Die Oberreferendare, sagte er, begrüße er herzlich, allen voran Herrn Kracht, einen, wie

Höllinger sagte, waschechten Göppinger, er freue sich ganz besonders, dass ein gebürtiger Göppinger sein Kollegium fortan bereichern werde, ein Göppinger, der nicht nur die Stadt nie verlassen habe und immer noch hier wohne, nur zweieinhalb Gehminuten vom ERG entfernt, nein, ein Göppinger, der auch, davon sei er, Höllinger, überzeugt, durch sein göppingsches Wesen, ja, er wolle sagen, seine göppingsche Seele, mit dazu beitragen werde, das Klima an der Schule erheblich zu verbessern, und schon jetzt könne er sagen, dass er, Höllinger, sich auch nach Ende dieses Schuljahres sehr darum bemühen werde, den Göppinger an der Schule zu behalten. Er, Höllinger, müsse, wenn er sich die Akte Herrn Krachts ansehe, voll Anerkennung den Hut ziehen vor dessen Leistungen. Kracht habe herausragende Noten aus dem ersten Jahr mitgebracht, eine exzellente Beurteilung seitens seines, Höllingers, Vorgängers, und soweit er sehe, habe Kracht nur einen einzigen Fehler im Lebenslauf. Die Lehrer lauschten aufmerksam, als Höllinger sagte, er, Kracht, habe vor Zeiten sein Abitur an der falschen Göppinger Schule gemacht, also nicht am ERG, sondern drüben, am KNOGY. Die Lehrer lachten leise und höflich, und Höllinger lehnte sich zurück. Dann stellte er auch die übrigen

Neuankömmlinge vor. Kranichs Noten, sagte er, seien eher mau, seine Einstellung in den Schuldienst habe Kranich lediglich der diesjährigen Landtagswahl zu verdanken, bei der wie üblich zusätzliche Lehrerstellen als Wählerfutter bewilligt worden seien. Darüber hinaus sehe es allerdings so aus, dass die fetten Zeiten sich dem Ende zuneigten, die Zeiten, in denen man ihm, Höllinger, nur Einser-Assessoren zugeführt habe, und schlimmer noch, es habe ganz den Anschein, dass sich wieder die Jahre näherten, in denen man nehmen müsse, was komme, Lehrernotstand nenne man das, jedenfalls, was er sagen wolle, seine Schuld sei es nicht, er könne nichts dafür, dass die Qualität der Kollegen stetig abnehme, das liege nicht in seiner Macht, er müsse sich da dem Oberschulamt fügen.

Er wolle nun, fuhr Höllinger fort, auf den übersprungenen Tagesordnungspunkt *Sicherheit* zu sprechen kommen und beginnen mit der Erinnerung an jenen Zwischenfall, der sich im Winter des letzten Jahres ereignet habe, als während einer großen Pause einem Schüler aus einem unabgeschlossenen Klassenzimmer Geld gestohlen worden sei, was eine berechtigte Beschwerde seitens der Eltern beim Oberschulamt nach sich gezogen hätte, woraufhin er, Höllinger, nun einen Direktionsbeschluss verfasst habe, welcher besage, dass ab sofort in jeder großen Pause sämtliche Zimmer dieser Schule, wie es sich gehöre, abzuschließen seien, nämlich vom jeweiligen vor der großen Pause im Zimmer unterrichtenden Lehrer. Dieser habe laut Direktionsbeschluss fortan zu warten, bis alle Schüler das Zimmer verlassen hätten, um dann ordnungsgemäß die Tür zu verriegeln. Er, Höllinger, wolle nun in einer Abstimmung die Annahme dieses Beschlusses von der GLK bestätigen lassen. Wenn also einer der anwesenden Lehrer etwas gegen den Beschluss einzuwenden habe, was sicher nicht der Fall sei, so solle er sich jetzt melden. Drei Gegenstimmen, zählte Höllinger und schnaufte ein wenig, Herr Jensen, na klar, Frau Bechtold, Herr Renner, also gut. Dann wandte sich Höllinger wieder ans Kollegium und sagte, er sehe, dass die große Mehrheit richtig entschieden habe, es sei also der Beschluss der Lehrerschaft, den wir fortan gemeinsam zu tragen hätten, ein jeder habe sich an diesen Beschluss zu halten, nur so seien wir, das ERG, in der Lage, einen Mindestsicherheitsstatus aufrechtzuerhalten, denn nur, wenn die Sicherheit unserer Schüler gewährleistet sei, könne sich Vertrauen einstellen, Vertrauen der Eltern, auch weiterhin

Kinder in unsere Hände zu geben, und die Sicherheit könne nur dann gewährleistet sein, wenn wir dafür Sorge trügen, dass ein solcher Vorfall, wie geschehen im letzten Jahr, sich nie wieder ereigne. Dazu müsse weiterhin sichergestellt werden, dass die kostbaren Schlüssel, die sich in der Lehrerobhut befänden, dort so aufgehoben seien, dass kein Unbefugter sie in die Hand bekommen könne. Und um die Beobachtung dieser Sorgfaltspflicht seitens der Lehrer zu kontrollieren, habe er wie in jedem Jahr einen GSB, einen *Geheimen Sicherheitsbeamten* benannt. Beim GSB – dies sage er für die neuen Kollegen – handle es sich um einen Lehrer des Kollegiums, dessen Identität niemandem außer ihm, Höllinger selbst, bekannt sei. Der GSB habe die Aufgabe, während des Schuljahres Schlüssel von Kollegen zu entwenden, die diese unachtsam auf einem Tisch oder sonstwo würden liegen lassen. Sollte dem GSB dies gelingen, würde er pro Schlüsselentwendung in der Leistungsstufenbeurteilung um einen Punkt steigen, der bestohlene, unachtsame, seinen Pflichten nicht nachgekommene Lehrer dagegen um einen Punkt zurückgestuft. So wolle er, Höllinger, vor allem die neuen Lehrer in ihrem eigenen Interesse von Anfang an auffordern, peinlich genau darauf zu achten, die Schlüssel stets bei sich zu führen und wenn möglich mit einer Schnur fest an einer Gürtelschlaufe der Hose befestigt zu halten. Den alten Lehrern dürfte dies inzwischen in Fleisch und Blut übergegangen sein. Man solle nie vergessen, schloss Höllinger, die wichtigsten Dinge an dieser Schule seien die Schlüssel, die wichtigsten Kompetenzen des Lehrers Schlüsselkompetenzen.

## 5

Nach der Konferenz lehnte sich die Hälfte der Lehrerschaft auf ihren Stühlen zurück, während die übrige Hälfte aufsprang, sich die Schultaschen schnappte und aus dem Lehrerzimmer stürzte. Das waren die Klassenlehrer, die für eine der Unterstufenklassen verantwortlich waren. Ich war entgegen Höllingers Ankündigung weder zwei Klassen zugeteilt worden noch einer einzigen, ich hatte aus unerfindlichen Gründen überhaupt keine Klasse als Klassenlehrer erhalten. Ich fragte nun einen der Lehrer, Bruns, Bio, Chemie, Studienrat, nach der Bibliothek. Sie war direkt durch eine Tür mit dem Lehrerzimmer verbunden. Ich ging die Regale entlang, fand nach einigem Suchen und mit großer Erleichterung das letzte noch verbliebene, ziemlich zerfledderte Exemplar von *Greenline* für die zehnte Klasse und wollte gerade zurück ins Lehrerzimmer treten, als ich auf der Schwelle von einem Mann mit schwarzem Bart festgehalten wurde. Stop, sagte der, das geht nicht, Sie können nicht einfach ein Buch entwenden, Miller, mein Name, Oberstudienrat, Geschichte, Latein, ich bin für die Bibliothek zuständig. Ich sagte ihm, dass ich das Buch nicht hätte entwenden wollen, dass ich jetzt gleich, nach der Klassenlehrerstunde die zehnte Klasse zu unterrichten und man mir im Sekretariat gesagt hätte, ich könne ein Exemplar des Lehrbuches in der Lehrerbibliothek finden. Das sei richtig, sagte Miller, aber ich könne das Buch nur ausleihen, wenn ich diese grüne Leihkarte hier ausfüllen würde. Sehr gern, sagte ich, nahm die Karte, füllte sie aus und gab sie Herrn Miller zurück. Der schüttelte den Kopf und sagte, er müsse sich an die Vorschriften halten, er könne mir das Buch nur geben, wenn ich neben der ausgefüllten Leihkarte auch den entsprechenden Lehrerleihausweis besäße, dessen Nummer er unabdingbarerweise auf der grünen Leihkarte einzutragen hätte. Wo ich diesen Lehrerleihausweis bekommen könne? fragte ich. Im Sekretariat, sagte er. Ich verließ das Lehrerzimmer, ging zur ersten Sekretärin und sagte ihr, ich bräuchte einen Lehrerleihausweis für die Lehrerbibliothek. Sie antwortete mir, das sei kein Problem, sie würde ihn mir erstellen, ich könne ihn morgen abholen. Ich bräuchte ihn aber *jetzt gleich*, sagte ich. Nicht so hektisch, sagte die erste Sekretärin, alles habe seine Zeit, das Überprüfen der Daten, das Ausdrucken, das Zusammenkleben und Laminieren, das könne sie nicht vor morgen schaffen, ich sähe ja, was hier los sei. Ich verließ das Sekretariat und setzte mich unschlüssig auf das blaue Sofa, das in einer Ecke des Lehrerzimmers stand. Neben mir saß eine der drei GLK-Gegenstimmen, Herr Jensen. Wie es mir gehe? fragte er. Ich sah ihn entsetzt an. Gut, sagte ich. Wie mein erster Eindruck von der Schule sei? fragte er. Gut, sagte ich. Doch dann gab ich mir einen Ruck und schilderte ihm die Situation mit dem Englischbuch. Alles kein Problem, sagte er, stand auf und ging an seinen Arbeitstisch, kramte in seiner schwarzen Schultasche, kam mit einem *Greenline*-Buch zurück und reichte es mir mit den Worten: Ich heiß übrigens Josef. Martin, sagte ich und merkte, wie meine Mundwinkel sich ein wenig hoben. Bis morgen könne ich das Buch behalten, sagte Josef, er beginne in der Parallelklasse mit einem Song von Britney Spears. Von Britney Spears? fragte ich. Die Kids stehn da drauf, sagte Josef, die sind total verrückt nach der. Ob ich nicht wisse, dass die erste Schulstunde die wichtigste sei, die, bei der sich entscheide, wie das komplette Schuljahr verlaufen werde, und da wolle er nicht mit dem trockenen Schulbuchmüll beginnen. Natürlich nicht, sagte ich und ließ die Schultern hängen. Dann fasste ich mir ein Herz und sagte, ich hätte eine Frage bezüglich des Direktors, ich wisse nicht, an wen ich mich wenden solle, aber er, Josef, schiene mir … Josef legte mir eine Hand auf den Arm und schaute sich um. Nicht hier, flüsterte er. Er wisse Bescheid, er wisse, was ich sagen wolle, er kenne die *Liste*. Heute Abend um acht, sagte er, Ratskeller Stuttgart, Hinterzimmer, da könne man offen sprechen. Dann rief jemand von der Tür her seinen Namen. Josef stand auf, nickte mir zu und verließ das Lehrerzimmer.

Ich hatte keine Zeit, über das nachzudenken, was Josef gesagt hatte, sondern erinnerte mich daran, dass ich noch meinen Schulschlüssel beim Hausmeister abzuholen hatte. An seinem Kabuff standen vor mir in der Schlange die Oberreferendare und andere neue Kollegen. Der Hausmeister hatte eine laute, quäkende Stimme, vor ihm lagen verschiedene Schlüssel ausgebreitet, und er deutete auf die Schlüssel, während er zu jedem Schlüsselabholer die gleichen Worte sprach: Schlüssel c6 für alle Zimmer im EG, 1G, 2G, 3G, Schlüssel c5 für Physik Sockelgeschoss SG4, Schlüssel c4 für Erdkunde SG5, Schlüssel c3 für Biologie und Chemie

SG3 und SG2, Schlüssel C2 für Informatik SG1, Schlüssel C1 Generalschlüssel nur für Direktor, Stellvertreter und Putzfrau, Schlüssel D1 für Sporthallen 1 bis 2, Schlüssel E1 für Musiksaal 4G. Unterrichten Sie eines der genannten Fächer? Nein? Dann Schlüssel C6 für Sie, bei Verlust 10 000 Euro, da Auswechslung aller Schlösser nötig, mit Ausnahme Physik, Erdkunde, Naturwissenschaften, Informatik, Musik, Sporthallen, daher Schlüsselversicherung, abzuschließen im Sekretariat, 15 Euro pro Schuljahr, der Nächste bitte. Ich ging ins Sekretariat und schloss eine Schlüsselversicherung ab, kehrte zurück ins Lehrerzimmer, nahm mir das *Greenline*-Buch, das noch auf dem Tisch vor dem Sofa lag und wollte beginnen, mich an die Vorbereitung meiner ersten Schulstunde zu machen, doch neben mir saß ein älterer Lehrer, die Beine übereinander geschlagen, friedlich, ruhig, entspannt, er hatte eine geöffnete Zeitung auf den Knien, schien aber nicht zu lesen. Er warf mir einen Blick zu, nickte kurz und sagte, mein Gott. Ich fragte, wie bitte? Er sagte, Sie sind noch so jung. Ich hustete. Er sagte, Brinkmann, Mathe, Physik. Ich sagte, Kranich, Englisch, Deutsch. Er sagte, Sie haben das alles noch vor sich. Ich fragte, was? Er sagte, alles, die ganze Laufbahn, ich hab nur noch ein Jahr, mein letztes Jahr, und als er dies sagte, sah er ein wenig verklärt durch mich hindurch. Mein letztes Schuljahr, fuhr er fort, das allerletzte, dann hab ich's geschafft, Pensionierung, dann hab ich's hinter mir, können Sie sich das vorstellen, nur noch ein Jahr? Ich: Und dann? Er sah mich fragend an: Wie, und dann? Ich: Ja, und dann? Er: Ach so, und dann. Es klingelte, er faltete seine Zeitung zusammen, nickte und stand auf.

## 6

Ich brauchte die gesamte große Pause, um das Zimmer zu finden, in dem die Klasse 10d samt Horst Höllinger auf mich wartete, glücklicherweise hatte ich dies geahnt und mich rechtzeitig auf die Suche gemacht, sodass ich ohne Verspätung vor der geschlossenen Tür des Zimmers 203 stand, kurz das Buch öffnete, rasch durch die erste Seite hechelte, versuchte, die verschiedenen Übungstypen auseinander zu dividieren und herauszufinden, welche Übungen sich für welche Phase des Unterrichts eignen würden, dann klappte ich das Buch zu, schloss kurz die Augen, hustete mir den Druck von den Bronchien, griff zur Klinke und trat ein.

Fünfundvierzig Minuten später ging ich den Gang zurück Richtung Lehrerzimmer, ich fühlte, wie mir Schweiß unter den Achseln klebte, mein Atem ging flach, aber die Erleichterung überwog, die erste Stunde hinter mich gebracht zu haben. Jetzt stand die Klasse 9a auf dem Plan, ich war sorgfältig vorbereitet, und gelassen wollte ich auf das zweite Läuten warten, als jemand auf mich zutrat. Im Überschwang sagte ich, Sie kenn ich doch, Herr Linnemann? Richtig, sagte Linnemann, wie war noch mal Ihr Name? Ich: Kranich, Englisch, Deutsch. Richtig, sagte Linnemann, Sie sind das. Sagen Sie, haben Sie nicht jetzt die 9a? Ja, sagte ich. Folgendes, sagte Linnemann, Sie sind doch in Zimmer 303? Ich: Ja. Er: Sehen Sie, das ist einer der beiden Räume, in denen ein Videogerät steht, und ich wollte heute mit meinen Elfern Video gucken, erster Schultag, die haben sowieso zu nichts Lust, was meinen Sie, können wir tauschen, ich meine die Räume? Kein Problem, antwortete ich, in welchem Raum sind Sie denn regulär? Sockelgeschoss SG4, sagte Linnemann. Gut, sagte ich, dann gehe ich mit meiner Klasse einfach dahin. Ich danke Ihnen, sagte Linnemann und ließ mich stehen. Ich wollte gerade zwei Lehrerinnen zuhören, die redend neben mir standen, als der Göppinger Oberreferendar Kracht auf mich zutrat und sagte, tolles Kollegium, nicht? Ja, sagte ich. Fantastischer Direktor, sagte er. Kann man sagen, sagte ich. Tolle Atmosphäre, sagte er. Jawohl, sagte ich. Ob ich wüsste, wo die Projektoren stünden? fragte er mich. Nein, sagte ich, keine Ahnung. Ich schon, sagte er.

Im Medienkeller, Medienwart ist Heiner Stramm, dort drüben sitzt er. Ach ja? sagte ich. Auf bald, sagte er. Auf bald, sagte ich. Dann klingelte es zum zweiten Mal. Ich stieg zunächst hoch ins dritte Stockwerk, betrat den Klassenraum, sagte meinen Schülern, wir müssten den Raum wechseln, wegen des Videorekorders. Gucken wir 'nen Film? schrien die Schüler. Nein, sagte ich, wir nicht, die andere Klasse. Ich fragte einen Schüler, ob er wisse, wo das SG4 sei, er nickte, und ich sagte, er solle uns führen. Auf der Treppe war es inzwischen still geworden, die Klassen waren in ihren Räumen, nur Linnemanns Elfer kamen an uns vorbei, wir gucken den Anfang von *Pulp Fiction*, riefen sie meinen Schülern zu, echt, riefen die zurück, wir kommen mit. Nein, sagte ich und trieb die Schüler vor mir her hinunter ins Sockelgeschoss, wo ich beim SG4 feststellen musste, dass mein Schlüssel C6 nicht ins Schlüsselloch passte, ich betrachtete das Schild vorm SG4, es war der Physikraum, es passte also nur der Schlüssel C5. Ich bat die Schüler, still zu sein, und lief hoch ins Sekretariat. Einige Lehrer lümmelten vor der Theke herum, ich drängte mich zwischen sie und bat die zweite Sekretärin um den Schlüssel C5. Was C5 denn für ein Schlüssel sei? fragte die Sekretärin, sie habe da schon lange den

Durchblick verloren. Physiksaal, sagte ich. Nein, für den Physiksaal habe sie keinen Schlüssel, sagte sie. Wie ich denn dann in den Physiksaal kommen könne? fragte ich. Was ich denn überhaupt im Physiksaal wolle? fragte sie zurück. Herr Linnemann und ich, sagte ich, hätten die Zimmer getauscht und … Warum ich dann nicht Herrn Linnemann fragte? Ich sah sie an, sie strahlte über ihren Einfall, ich nickte und verließ das Sekretariat, lief hoch ins dritte Stockwerk, klopfte, hörte die Eingangssequenz von *Pulp Fiction*, hörte Gelächter, klopfte lauter, niemand reagierte, ich betrat den Raum, alles dunkel, Herr Linnemann, rief ich, ja, rief Linnemann zurück, ich brauch Ihren Schlüssel, rief ich, welchen Schlüssel, rief Linnemann, den vom Physiksaal, rief ich, warum, rief er, weil ich nicht reinkomme, rief ich, ach so, sagte er, kommen Sie her, sagte er, wohin, fragte ich, hierher, sagte er, letzte Reihe. Ich tastete mich durch die Dunkelheit, gelangte zu Linnemann, nahm ihm den Schlüssel ab, machte kehrt und war schon an der Tür, als Linnemann noch rief, aber Sie müssen den Schlüssel zurückbringen, Kranich. Ich blieb stehen. Wann? rief ich. Gleich, nachdem Sie unten aufgeschlossen haben, Sie haben ja gehört, was der Chef gesagt hat, am Ende sind Sie noch der Geheime

Sicherheitsbeamte. Keine Angst, sagte ich, ich bring ihn zurück. Ein wenig verschwitzt kam ich unten an, stocherte den Schlüssel ins Schlüsselloch des SG4 und musste feststellen, dass die Tür gar nicht abgeschlossen und der Raum bereits besetzt war. Es war Herr Bruns mit irgendeiner Mittelstufe. Was wollen *Sie* denn hier? entfuhr es ihm. Ich sagte, ich hätte mit Linnemann die Räume getauscht, und Linnemann habe gesagt, stundenplantechnisch habe er jetzt eigentlich hier Unterricht, in diesem Raum, sodass der Raum, das SG4, jetzt, da Linnemann ja oben, im dritten Stock sei, eigentlich leer sein müsste. Ja, schon, sagte Bruns, aber er habe seinen eigenen Raum im Erdgeschoss verlassen, weil der Lärm von den Umbauarbeiten im benachbarten Eingangsbereich unerträglich geworden sei. Wenn ich es wünsche, sagte er, gehe er aber wieder zurück ins EG3. Nein, nein, sagte ich, bleiben Sie hier, das ist viel zu umständlich, ich geh schon. Damit schloss ich die Tür, sagte den Schülern, sie sollten zum EG3 gehen, ich sei gleich zurück, ich müsse noch einmal kurz weg, und einer der Schüler fragte mich, ob er noch eine rauchen könne, ehe ich den richtigen Raum gefunden hätte. Ich beachtete seine Frage nicht, sondern flog die Treppen hinauf, ins dritte Geschoss, öffnete die Tür und rief nach

Linnemann. Ja? Ihr Schlüssel, rief ich und tastete mich nun schon gewandter durch die Dunkelheit. Danke, sagte Linnemann. Ich lief hinunter ins Erdgeschoss, und vor dem noch abgeschlossenen EG3 warteten meine Schüler. Ich schloss auf, sie gingen hinein, und als ich gerade die Tür hinter mir schließen wollte, ertönte eine Sirene. Feueralarm, gähnte einer der Schüler und ging an mir vorbei wieder hinaus. Machen die jedes Jahr am ersten Schultag, sagte der Zweite. Den Dritten fragte ich, was ich jetzt tun solle. Fenster zu und Klassenbuch retten, sagte er, der Rest kann verbrennen.

## 7

Da ich in der fünften Stunde keinen Unterricht hatte, griff ich mir zunächst meine vorbereiteten Kopiervorlagen und kopierte mich durch einen Zettelberg, wobei ich den tonigen Atem des Kopieres einsog und mich ärgerte, dass ich meinen im ersten Referendariatsjahr gekauften Mundschutz vergessen hatte. Ich war noch nicht ganz fertig, als bereits das Klingelzeichen ertönte, Höllinger das Lehrerzimmer betrat und die aus dem Unterricht einträufelnden Lehrer mit leichten Nickbewegungen begrüßte. Als alle versammelt waren, begann Höllinger den zweiten Teil der Konferenz mit den Worten, er wolle nun die Resultate der Direktorenkonferenz zusammenfassen, die gegen Ende des letzten Schuljahres stattgefunden habe. Dort habe man unter anderem über die Ergebnisse der sogenannten Großen Studie gesprochen. Die bundesrepublikanischen Schulen seien laut dieser Studie nicht, wie gewohnt, an der Spitze der Rangliste zu finden, sondern in den unteren

Regionen. Als Gründe für diesen misslichen Tatbestand habe die Studie unter anderem die in deutschen Schulen übertriebene Betonung des Leistungsdenkens genannt. Man habe sich nun in der Direktorenkonferenz darauf geeinigt, alles dafür zu tun, Deutschlands Schulen aus der gegenwärtigen Krise herauszuführen und wieder dorthin zurückzubringen, wo sie einst thronten, an die Spitze nämlich. Um diese Rückkehr in den Kreis der Besten zu ermöglichen, habe man gesagt, wolle man die erneuerten Richtlinien der Kultusministerkonferenz bezüglich der Erhöhung des Einsatzes von Kreativitätsdarbietungen im Unterricht bedingungslos akzeptieren und umsetzen. Grund für diese Maßnahme sei das in der Großen Studie bemängelte Fehlen der Fähigkeit zu selbstständigem Arbeiten seitens der deutschen Schülerschaft. Folglich seien wir, die Lehrer, dazu angehalten, uns das neue, soeben erschienene Methodenheft der Reihe *Praxis im Unterricht* mit dem Titel *Lehrerhilfen zur Anleitung von Schülern für ein selbstständiges Hervorbringen von Kreativitätserzeugnissen aller Art* durchzulesen und in den Unterricht einzuarbeiten. In jenem Heft sei fächerübergreifend beschrieben, was Kreativität überhaupt ist, wie die Bedingungen für eine Entstehung von

Kreativität aussehen, welche Hirnprozesse für eine Beschleunigung des kreativen Tempos zuständig sind und wie all dies unterstützend vorbereitet, durchgeführt, begleitet und nachbereitet werden kann.

In der Direktorenkonferenz, sagte Höllinger nach einer kleinen Pause, sei jedoch bezüglich einer wichtigen Frage eine heftige Diskussion entbrannt. Man habe eindringlich über das Thema der *Bewertung* von kreativ erbrachten Leistungen gestritten. Vornehmlich sei es dabei um die Frage nach dem *Wie* der sogenannten KB, der Kreativitätsbewertung, gegangen, außerdem um die Frage der juristischen Anfechtbarkeit von KBs. Eltern, habe man gesagt, hätten oft genug bewiesen, dass ihnen kein Gang zu einem Anwalt zu mühsam erscheine. Beim geringsten Aufleuchten einer wie auch immer gearteten Anfechtungsmöglichkeit, habe es geheißen, würden die Eltern sofort von ihrem Recht Gebrauch machen, ihre Töchter und Söhne vor möglichen Versetzungsaussetzungen oder Abiturkatastrophen zu bewahren. Und wenn nun, habe es geheißen, der Kreativität im Unterricht ein derart hoher, in gewissem Maße geradezu unangemessen hoher Anteil – im Vergleich zur objektiv messbaren Wissensvermittlung – eingeräumt werde, so müsse eine lückenlose Absicherung erfolgen, durch die eine Bewertung der kreativ erbrachten Erzeugnisse unanfechtbar werde. Das bedeute: Man müsse innerhalb der einzelnen Gymnasien einen detaillierten Katalog erstellen, in dem eine Bewertung von Kreativitätsleistungen Punkt für Punkt geregelt sei. Man müsse klar abgesteckte Kreativitätsbewertungs*kriterien* erstellen. Zu diesem Zweck, so der Beschluss der Direktorenkonferenz, habe ein jedes Gymnasium eine Kreativitätsbewertungskriterienerstellungskommission, kurz KBKEK, zu gründen, die sich unverzüglich an die Aufgabe zu machen habe, Kreativitätsbewertungskriterien zu erstellen. Nur so könne in das drohende Chaos der ungezügelt um sich greifenden Kreativität ein ordnender Faden gewebt werden, nur so sei man gefeit vor juristischen Angriffen aller Art, nur so könne man den Schülern helfen, herauszufinden, was wir, die Lehrer, von ihnen, den Schülern, erwarten.

## 8

Als ich am Mittag im Zug saß, spannte sich eine nackte Leine der Leere durch meinen Geist, ich hing erschossen auf dem Sitz, ließ mich vom Zug fortfahren, stieg im Stuttgarter Kopfbahnhof mechanisch aus und nahm die U-Bahn. Ich kaufte mir am Stand an der Ecke einen Kebab, aß in Jacke am Küchentisch sitzend stumpf vor mich hin, kaute, biss, kaute, warf den öligen Rest des Brotes fort, putzte mir die Zähne, legte mich aufs Bett und schlief drei Stunden lang durch. Ich hatte vergessen, den Wecker zu stellen, und erwachte um fünf. Ich erschrak zu Tode. Ich setzte mich sofort an den Schreibtisch und stellte aufatmend fest, dass ich am nächsten Tag nur drei Stunden zu halten hatte, zwei von ihnen, 9a und 5a, hatte ich schon vorbereitet, blieb noch eine übrig: 10d. Minutiös entwarf ich das Stundenverlaufsprogramm. Ich nahm mir die Kritik des Direktors zu Herzen und überlegte mir, mit welcher Frage ich mich in welcher Minute der Stunde an die Schüler wenden, welche möglichen Antworten die Schüler geben und wie ich auf diese Antworten scheinbar spontan reagieren könnte. Ich überlegte mir auch, welche Assoziationen der Text bei den Schülern auslösen und wie diese Assoziationen sich im Geist der Schüler zu möglichen Vokabelfragen transformieren könnten, Vokabelfragen, die sie mir stellen würden, nicht, weil sie sich für das erfragte Wort interessierten, sondern um mich, mein Wissen und also meine Kompetenz als Lehrer im Ganzen zu überprüfen. *Murmeln* war eines der Übersetzungsworte, das im Text vorkam, Murmeln, dachte ich, die Schüler könnten von diesem Wort ausgehend nach Mur*meltier* fragen, *ground hog*, das war mir bekannt, Murmeltier, Schlaf, Winterschlaf schlug ich nach, von Winterschlaf könnte man zu Nahrungsmangel gelangen, Nahrungsmangel oder Nahrungsbeschaffung, schlug ich nach, ferner Horten und Hamstern, schlug ich nach, von Winterschlaf, dachte ich, könnte aber auch ein direkter Weg zu Winter und von Winter zu Wintersport führen, zu Rennrodeln, Lawinengefahr, Verschüttungen, Bernhardiner, meine Liste wuchs. Um halb acht hatte ich endlich das Gefühl, genügend für alle Unwägbarkeiten der Stunde gerüstet zu sein, und schob meine Unterlagen beiseite. Ich schloss kurz die Augen und malte mir aus, wie einer der Schüler mich nach dem englischen Ausdruck für Lawinengefahr fragen und ich den Begriff aus der Hüfte heraus, locker und ohne Zögern auf den Schüler schießen würde, und als ich meine Schultasche packte, überlegte ich noch, wie ich die Schüler vom Murmelspiel des Textes auf die Lawinengefahr bringen könnte, falls sie wider Erwarten nicht von selber darauf zu sprechen kamen, sah dann aber auf die Uhr und dachte, Ratskeller, wenn du jetzt losgehst, kommst du noch rechtzeitig.

Drei Lehrer saßen im Hinterzimmer des Ratskellers, dicke Vorhänge vor den Fenstern, Rauch in der Luft, ich stand einen Augenblick an der Tür und sah auf den Tisch, an dem sie saßen, noch hatte mich niemand gesehen, ich erkannte Josef Jensen, und plötzlich überfiel mich das Gefühl, etwas Verbotenes zu tun, ich drehte mich um, spürte den Drang, wegzugehen oder aber hinter die schweren Vorhänge zu schauen, ob dort jemand stünde, der es nicht gut mit mir meinte. Da aber hatte mich Josef Jensen schon gesehen, stand auf und winkte mir zu. D'Artagnan, rief er. Ich trat an den Tisch. Jetzt, unter der nackten Glühbirne, erkannte ich einen der beiden anderen Lehrer wieder. Es war die zweite GLK-Gegenstimme, klein, untersetzt, mit grauem Stoppelbart. Ich kramte in meinem Kopf nach seinem Namen. Herr Renner? fragte ich. Achim Renner, nickte er, Sport, Erdkunde und Psychologie. Der Dritte wurde mir als Pascal vorgestellt, das sei zwar nicht sein richtiger Name, sagte man, aber jeder an der Schule nenne ihn so, Religion, Philosophie, er war fast zwei Meter groß und hatte eine kaum wahrnehmbare, säuselnde Fistelstimme. Als man mir ein Bier gebracht hatte, ergriffen die drei ihre Gläser, ließen sie über dem Tisch zusammenknallen, ich tat mit, und Achim sagte: Einer für alle, alle für einen. Wir tranken. Es stellte sich heraus, dass die drei den harten Kern der sogenannten KG bildeten, einer *Konspirativen Gruppe*, die sich zum Ziel gesetzt hatte, das geltende Schulsystem zu unterminieren. Jedoch *nicht wirklich*, wie man sogleich einschränkte, da man den eigenen Arbeitsplatz keinesfalls ernsthaft würde aufs Spiel setzen wollen, sondern lediglich, wie man sagte, verbal. Also ein Kreis von Revolutionären, die nichts taten, sondern nur darüber redeten, was sie gern tun würden, sowie darüber, in welchem Zustand sich unser korrumpiertes, über und über marodes Schulsystem eigentlich und jetzt schon befand. Ich fragte Josef, weshalb ich, Martin Kranich, als neuer Lehrer sogleich in diesen Zirkel aufgenommen worden sei, und Josef sagte, dass nicht sie, die Gruppe, entscheide, wer dem Zirkel angehöre, sondern der Direktor. Der Direktor? fragte ich. Es gebe da eine Liste, sagte Josef, auf die Höllinger ab und zu den einen oder anderen Lehrer setze, aus den unterschiedlichsten Gründen, der eine wohne nicht in Göppingen, der andere habe schwarze Haare, der Dritte sei eine Frau, der Vierte habe das falsche Fach studiert. Die Liste liege in der untersten Schublade von Höllingers Schreibtisch. Jeder wisse darüber Bescheid. Aber nur wenige hätten die Liste je gesehen. Er, Josef, habe jedoch einen guten Draht zur Putzfrau. Und die habe ihm gesagt, dass Höllinger nun auch mich, Martin Kranich, gleich, von Anfang an, noch vor meinem Einstellungsgespräch, auf die Liste gesetzt hätte. Mich? fragte ich. Ja, dich, sagte er. Aber warum? rief ich. Warum? sagte Achim Renner und grinste. Warum? sagte Pascal und sann vor sich hin. Warum? sagte Josef Jensen und hob erneut das Glas. Sie alle tranken einen Schluck und schwiegen.

Man gehe unter, flüsterte Pascal plötzlich in die Stille hinein, der Einzelne, der Mensch, die Existenz, das Individuum, man werde verschluckt, verspeist, verspachtelt, zugekleistert mit Kampf und

Konkurrenz, das Menschliche, das, was den Menschen allererst zum Menschen mache, sein Herz, die Erkenntnis des Herzens, all das stehe in keinem Bildungsplan, all das, das Eigentliche, das Wichtige, das Wesentliche, werde uns aus dem Innersten unserer selbst gerissen. Zu Maschinen mutierten wir, zu Monstren, zu Missgeburten unserer selbst, wenn wir uns nicht mit aller Macht den Mechanismen dieser Machenschaften erwehrten. Güte und Entgegenkommen, Einfühlung und Wärme müssten die Prinzipien der Lehranstalt sein, fort mit allen Sheriffspielen, aller Kontrolle und allem Anschüren des Leistungsdrucks, man müsse für die Schüler eine Aura der Angstlosigkeit schaffen, in der sie allererst die Möglichkeit hätten, zu sich selbst zu finden. Hierarchien, meldete sich Achim Renner, seien ja ganz gewiss nicht das, was man gemeinhin, und im Übrigen müsse man Kreativität ja, auf Bali zum Beispiel, wolle er sagen, habe man ein ganz anderes Menschenbild, das Wurzeldenken, das westliche, sei ja, sozusagen, ganz im Gegensatz zum Denken auf Bali, dort sei dies keinesfalls ausgeprägt, vielmehr ändere sich der Name des Menschen sozusagen mit der Geburt seiner Kinder, statt wie bei uns, und man könne sagen, auch Hierarchien müssten ja irgendwie aufzubrechen sein, sodass ein konstruktives Chaos allererst entstehen könne, um nicht in diesem Wurzeldenken verhaftet zu bleiben, wohingegen auf Bali, Chaos, um es kurz zu machen, sei allererst die Quelle der Kreativität. Ob er das mit dem Wurzeldenken noch mal wiederholen könne? fragte ich, doch Pascal ergriff wieder das Wort und sagte, Echtheit, Authentizität, von innen heraus, zu dem stehen, was man wolle, sich nicht unterkriegen lassen, sich *ent*ziehen, die pädagogische Freiheit ausschöpfen, sich über den Lehrplan hinwegsetzen, zum Eigenen zurückfinden, Ausloten dessen, was wirklich in einem vorgehe, Bildungsmüll entfernen, Wissenshalden ausmisten, echtes, menschliches Erfahren spürbar und die Stimme im Innern der Schüler hörbar machen, Befindlichkeiten – letztlich gehe es immer nur um Befindlichkeiten – Befindlichkeiten zum Ausdruck bringen, Selbstoffenbarung und Infragestellung, Infragestellung seiner selbst und des Anderen, wer bin ich, wer ist der Andere, wo gehe ich hin, wo geht der Andere hin, was will ich hier, was will der Andere hier? Und nun erzählten die drei eine Fülle von Beispielen, die ihren Idealen zutiefst widerstrebten, eine Fülle von Situationen, unter denen sie litten und schleichend zugrunde gingen, und wir tranken Bier um Bier, und je mehr die drei redeten, umso heftiger stieg auch ich in die Diskussion ein, umso rückhaltloser trat auch ich aus mir selbst heraus, bis ich schließlich das Gespräch ganz an mich gerissen hatte und plötzlich in einem unüberschaubaren Schwall von Worten mein Einstellungsgespräch beim Direktor schilderte, sodass die drei verstummten und mir genauestens zuhörten, um kein Wort zu verpassen. Dann schwiegen wir. Renner bestellte eine neue Runde. Immer noch sagte keiner ein Wort. Schon dachte ich, ich hätte einen Fehler gemacht, mich zu weit aus dem Fenster gelehnt, schon wollte ich sagen, es sei ja doch alles nicht so schlimm, die Kollegen seien nett, ich hätte im Grunde genommen Glück gehabt mit der Schule, da meldete sich Achim Renner und sagte, der Direktor habe Recht. Wie er das meine? fragte ich. Das Als-ob, sagte er. Wir, der harte Kern der KG, täten doch auch nur so, als ob wir etwas ändern wollten, zu sehr seien wir verwurzelt mit dem, was uns durch die Hierarchien im chaoslosen Raum geboten werde, während auf Bali … Ja, unterbrach ihn Josef, es stimmt. Und bekam plötzlich leuchtende Augen. Einen Augenblick lang dachte ich, er hätte zu viel getrunken, dann aber stand er auf, hielt sich kurz am Tisch fest, stand aber ohne zu wanken da und sagte in feierlichem Tonfall, dass jetzt, hier und heute, der Augenblick gekommen sei, zur Tat zu schreiten. Pascal und Renner starrten zu Jensen hoch und sagten, was soll das, lass das, setz dich wieder hin, wir … Nein, sagte Josef Jensen. Nun, zu viert, mit unserem neuen Verbündeten an der Seite, hier, heute, wolle er den feierlichen Schwur leisten … Hör auf, sagte Renner, wir sind doch nicht auf Bali … Den feierlichen Schwur, sagte Josef, dass er fortan der Kraft der Rede Taten folgen lassen wolle, dass er fortan nicht mehr untätig mit ansehen wolle, wie alles von uns Ausgesprochene unausgelebt im Hinterzimmer des Stuttgarter Ratskellers zerschelle, dass er fortan in den Kampf ziehen und sich dem System in all seinen teuflischen Ausprägungen stellen wolle. Dann setzte er sich wieder und sah in die Runde. Pascal und Renner schwiegen einen Augenblick lang. Das kannst du nicht tun, sagte Achim dann. Na ja, sagte Josef und trank einen Schluck, ich will ja keine Bombe werfen. Sondern? fragte ich. Politik der kleinen Nadelstiche, sagte Josef. Was soll denn das heißen? fragte Pascal. Ihr werdet sehen, sagte Josef Jensen, während die Bedienung übermüdet den Raum betrat und sagte, es sei fünf Uhr und sie wolle nach Hause.

Wir standen auf und torkelten hinaus. Fahren überhaupt noch U-Bahnen? fragte ich. Keine Ahnung, sagte Renner, aber er könne jetzt sowieso nicht mehr ins Bett, er kenne ein Café in der Nähe, das schon offen sei und wo man sich bei drei Kannen Kaffee auf den nächsten Schultag vorbereiten könne. Das sei eine gute Idee, sagte Pascal, und ich schloss mich den dreien an, während mich das Gefühl beschlich, irgendetwas vergessen zu haben. Was das war, merkte ich erst, als wir schwer und noch stinkend vom Alkohol um halb sieben im Zug saßen. Meine Tasche, sagte ich. Was für 'ne Tasche? fragte Renner. Meine Schultasche, sagte ich. Ja und? fragte Pascal. Wie, ja und? fragte ich zurück. Wozu brauchst du eine Schultasche? fragte er. Da sind, sagte ich, meine sämtlichen Vorbereitungen drin. Pascal winkte ab. Er, sagte Pascal, habe noch nie eine Schulstunde vorbereitet, er verlasse sich ganz auf seine ureigenste Intuition. Vorbereitung, sagte er, töte die Spontaneität. Bereite er eine Stunde vor, könne er nicht mehr ganz und echt und nah bei den Schülern sein. Die Philosophie und auch die Religion, wie er sie verstehe, beruhten aber ganz und gar auf der Voraussetzung, voraussetzungs*los* an die Schüler heranzutreten, ohne irgendeinen vorab gegliederten Gedanken sich ganz und gar auf die Schüler einzulassen. Das beste Tafelbild sei jenes, das im spontan geführten Gespräch entstehe, ein Tafelbild, das sich am Ende der Schulstunde als völlig verkorkst herausstelle und ohne jedes Schuldgefühl ausgewischt werden könne. Holzwege, sagte Pascal, seien die wahren Wege der Philosophie, nur auf Holzwegen lerne der Mensch allererst zu gehen und außerdem zu entscheiden, welche Richtung wirklich einzuschlagen sei. Er, fuhr Pascal fort, beginne jede Stunde regelmäßig mit der an die Schüler gerichteten Frage, was gerade in ihnen vorgehe, was sie umtreibe, wo sie stünden, wo er sie abholen könne, was in ihrem Innersten sie gerade bewege, und von den Antworten der Schüler ausgehend entwickle er die Stunde im Augenblick des *ad hoc*, in der Immanenz des Moments. Ich wandte ein, dass diese Technik bei der Fremdsprachenvermittlung wohl kaum gelingen könne. Achim Renner gähnte und sagte, Schwellendidaktik. Was? fragte ich. Schwellendidaktik, wiederholte Renner. Wichtigste Fähigkeit eines jeden Lehrers. Und was heißt das? fragte ich. Dass du die Stunde in dem Moment vorbereitest, sagte Renner, in dem du über die Schwelle ins Klassenzimmer trittst. Ach so, sagte ich, aber ich hab ja nicht mal die Bücher dabei. Die kannst du doch ausleihen, sagte Renner, in der Bibliothek. Ich blickte hinüber zu Josef, der die Augenbrauen hob und mit den Schultern zuckte.

# 9

In der Schule betrat ich zunächst die Toilette und wusch mir Gesicht und Nacken. Um mich abzutrocknen, musste ich eine sich selbst fressende Handtuchmaschine betätigen. An diesem Morgen, um sieben Uhr fünfzehn, hatte ich, noch umnebelt vom Alkohol, plötzlich einen Augenblick vollkommenster Klarheit. Es durchleuchtete mich mit einem Schlag die Erkenntnis, dass ich beim bisherigen Benutzen derartiger Handtuchspender immer *zuerst* ein bereits benutztes Stück Handtuch hatte entfernen müssen, um *erst dann*, in einem zweiten Akt, an dem von mir selbst hervorgezogenen, sauberen Stück meine Hände abtrocknen zu können. Nun aber, an diesem Morgen, um sieben Uhr fünfzehn, dachte ich plötzlich, dass es ganz und gar umständlich war und völlig unerklärlich, warum man *zuerst*, mit den noch nassen, tropfenden Händen, ein neues Handtuchstück aus dem Spender zu ziehen hatte, um sich erst *anschließend* abzutrocknen. Bedeutend sinnvoller wäre es doch, dachte ich, wenn man bereits ein sauberes Stück Handtuch am Spender vorfände, sich ohne weitere Mühe und Umstände die Hände abtrocknen könnte und erst *danach* das neue Handtuchstück hervorzerren würde, sodass ein sauberes Handtuch für den nächsten Benutzer zurückbliebe. Als ich nachrechnete, kam ich zu dem Ergebnis, dass man in beiden Fällen, egal, ob man zuerst am Handtuch zog und sich dann abtrocknete oder aber sich zuerst abtrocknete und dann am Handtuch zog, in beiden Fällen also, je einmal seine Hände abtrocknen und einmal am Handtuch zu ziehen hatte. Der einzige Unterschied war die Reihenfolge der beiden Tätigkeiten. Und mit einem Mal erkannte ich die ganze Niedrigkeit und Ekelhaftigkeit des Menschen. Von solcher Verkommenheit war er, der Mensch, dass er das benutzte Handtuch einfach achtlos zurückließ und dem nachfolgenden Händeabtrockner das Handtuch feucht und knittrig entgegenstarrte. Mein Herz schlug schneller, als ich in einem die Welt für mich an diesem Morgen aus den Fugen hebenden Akt ein zweites Mal an dem Handtuch zog, sodass sich dem nächsten Benutzer des Waschbeckens ein reines, sauberes, unverfängliches Stück Handtuch darbot. Solcherart beflügelt verließ ich die Toilette und machte mich auf den Weg zur Bibliothek, wo ich einen Platz vor einem der leer geräumten Regale einnahm und versuchte, meine am vergangenen Abend geleisteten Vorbereitungen zu rekapitulieren. Pascal und ich hatten die erste Stunde frei, und er half mir sehr, indem er die von mir benötigten Schulbücher auf seinem Lehrerleihausweis für mich aus der Lehrerbibliothek auslieh.

Nach der ersten von mir an diesem Morgen gehaltenen Stunde in der 5a stürmten die Schüler an mir vorbei in die große Pause, und ordnungsgemäß verriegelte ich die Tür, nicht ohne mich zu vergewissern, dass ich keinen der Schüler versehentlich eingesperrt hatte. Ich stieg die Treppen hoch und traf auf dem Gang zum Lehrerzimmer Frau Klüting, die mich ansprach und nach meiner Meinung fragte. Meine Meinung wozu, bitte? fragte ich zurück. Welches Lehrwerk, sagte sie, *G2000* oder *Greenline*, Cornelsen oder Klett, Sie wissen doch, heute Nachmittag, Fachkonferenz, gleich im Anschluss an das Lehrerfoto. Ach so, sagte ich, ja, ich bin natürlich für *G2000*. Sehr gut, sagte Frau Klüting, und Ihre Gründe? In diesem Augenblick trat Höllinger aus dem Lehrerzimmer auf den Gang, ungefähr drei Schritte neben uns. Herr Kleible, rief er einen der gerade an uns vorbeigehenden Lehrer zurück. Ja? fragte dieser. Frau Klüting und ich blieben auf dem Gang stehen und sprachen weiter über die Vorteile des *G2000*-Buches. Da wir aber beide viel mehr auf das Gespräch achteten, das sich unmittelbar neben uns zwischen Kleible und Höllinger entwickelte, waren wir in unserem eigenen Gespräch nicht ganz auf der Höhe, und die Argumente, die wir uns gegenseitig aufzählten, dienten mit der Zeit nur noch dem einzigen Ziel, unsere Anwesenheit auf dem Gang unauffällig zu verlängern. Hatten wir zunächst mit dem Hinweis auf die besseren Texte, Übungsformen und Bilder noch sachlich und kompetent auf die Stärken des Cornelsen-Buches hingewiesen, fielen uns irgendwann keine weiteren Vorzüge mehr ein, und ich sagte plötzlich, die Farbe der Titelbilder sei ansprechender, genau, hakte sich Frau Klüting ein, außerdem sei der Einband fester, nicht so brüchig, richtig, bestätigte ich sie, und man könne den Plastikschutzumschlag besser um den Karton legen, fügte ich hinzu, ja, sagte Frau Klüting, und die Cornelsen-Vertreter seien wesentlich sympathischer als die trockenen Klett-Männer, genau, sagte ich, und das Schwarz des Druckes sei um eine Nuance schwärzer als das von *Greenline*, so sei es, sagte Frau Klüting, und überhaupt, das Schriftbild erschiene ihr irgendwie runder als bei Klett, ja, nickte ich, das *th* sei wesentlich authentischer, irgendwie lesbarer. Als in diesem Augenblick das Gespräch zwischen Höllinger und Kleible abrupt endete, konnten auch Klüting und ich, ein wenig peinlich berührt, auseinander gehen, also dann, bis heute Mittag, sagte Frau Klüting, bis dann, sagte ich.

Der Direktor hatte also Kleible auf dem Gang erwischt und den Dialog begonnen mit den Worten, ob er, Kleible, wisse, wie spät es sei? Kleible hatte sich nicht aus der Ruhe bringen lassen und geantwortet, ja, das wisse er ganz genau, wenn er hier auf seine Uhr sehe, so sei es soeben neun Uhr vierundzwanzig geworden. Der Direktor hatte im selben Tonfall weitergefragt, ob er, Kleible, wisse, was sich gewöhnlich an dieser Schule um neun Uhr vierundzwanzig abspiele? Kleible hatte vollkommen ernst und nüchtern geantwortet, klar wisse er das, die große Pause habe vor genau vier Minuten begonnen. Richtig, hatte Höllinger triumphiert und weitergeforscht, ob er, Kleible, wisse, welcher Tag heute sei? Das sei einfach zu beantworten, hatte Kleible das Spiel mitgespielt und gesagt, Dienstag, das wisse er genau, da gestern der erste Schultag gewesen sei. Gut, hatte der Direktor gestrahlt und dann weitergefragt, ob er, Kleible, wisse, wer in diesem Schuljahr dienstags in der großen Pause zur Hofaufsicht eingeteilt sei? Kleible hatte nun seinerseits gestrahlt und in aller Gelassenheit gesagt, selbstverständlich wisse er das, er, Kleible selber, sei zur Hofaufsicht eingeteilt, jeden Dienstag in der ersten großen Pause, das habe er dick und fett in seinem Kalender vermerkt, nicht nur einmal, hatte Kleible betont, sondern auf jeder einzelnen Dienstagsseite seines roten Sparkassenlehrerkalenders. Damit hatte Höllinger nicht gerechnet und war einen Augenblick sprachlos dagestanden, dann aber hatte er gesagt, wenn er, Kleible, all dies so genau wisse, warum er dann immer noch hier auf dem Gang stehe, statt seinen Pflichten ordnungsgemäß nachzukommen? Er, Kleible, hatte Höllinger gesagt, müsse *als Erster* unten bei der Hofaufsicht sein, *in den ersten Minuten*, das sei wichtig, denn in jenen ersten Momenten, in denen die Schüler voller Freude in die Pause stürzten, ereigneten sich erfahrungsgemäß die meisten Unfälle. Kleible hatte sich nicht aus der Ruhe bringen lassen und den Direktor aufgefordert, er, Höllinger, möge ihm, Kleible, doch einmal erklären, wie er, Kleible, es anzustellen habe, *als Erster* auf dem Hof zu sein, zur Pausenaufsicht, und gleichzeitig *als Letzter* das Klassenzimmer zu verlassen, um, wie gestern in der GLK beschlossen, hinter den Schülern abzuschließen. Daraufhin hatte Höllinger geschwiegen. Kleible hatte sich umgedreht und war in aller Ruhe auf den Hof gegangen, Höllinger aber in sein Büro abgezogen.

Noch in derselben Pause knackste es plötzlich in der Lehrerzimmerlautsprecheranlage, und Höllingers Stimme ertönte, Linnemann, rief er, sofort ins Direktionsbüro. Linnemann erbleichte, alle sahen ihn an. Plötzlich fasste sich Linnemann erschrocken an den Hals und begann, seine Taschen auszuleeren, wie wahnsinnig in den an seinem Arbeitsplatz liegenden Unterlagen zu wühlen und unter dem Tisch nachzusehen. Mein Schlüssel, flüsterte er, außer Atem. Seine Tischnachbarn halfen ihm fieberhaft, den Schlüssel zu suchen, aber man fand ihn nicht. Mit hängenden Schultern schlich er aus dem Lehrerzimmer. Es klingelte, die Lehrer gingen in ihre Klassen. Nach der Stunde traf ich Linnemann, der seinen Schlüssel nun an einer Kette um den Hals trug und ein wenig erschöpft aussah. Alles klar? fragte ich ihn. Er sah mich böse an. Waren *Sie* das? fragte er. Ich? sagte ich. Wie kommen Sie denn darauf? Ich hab Ihnen doch den Schlüssel zurückgegeben, erinnern Sie sich, gestern, im Zimmer 303. Da war es dunkel, sagte Linnemann, was weiß ich, was Sie mir da für einen Schlüssel gegeben haben. Herr Linnemann, rief ich, nein, das dürfen Sie nicht glauben, Linnemann, ich würde dem Direktor niemals einen Kollegen ans Messer liefern, unter uns gesprochen, was den Direktor betrifft, so muss ich sagen, dass … Martin, unterbrach mich Josef Jensen, der am Tisch nebenan stand, kommst du mal bitte? Ich entschuldigte mich bei Linnemann und verließ mit Josef das Lehrerzimmer, er führte mich den Gang entlang, sah sich am Ende des Ganges um, und in einem Augenblick, als uns niemand sehen konnte, schob er mich in die Herrentoilette. Er öffnete die Kabinentüren, warf einen kontrollierenden Blick hinein, strich prüfend mit den Händen über die Kanten der Kabinen und den Wandvorsprung, fasste unter das Waschbecken, kniete sich hin, legte sein Ohr auf den Boden, horchte einige Sekunden lang, stand auf und flüsterte endlich, hier ist der einzige Ort, an dem man halbwegs sicher reden kann, hör zu. Josef holte Luft und sagte langsam und jedes Wort deutlich betonend: Sag nie wieder irgendetwas gegen den Direktor im Lehrerzimmer. Man weiß nie, fuhr Josef fort, wer einem gegenübersitzt. Alles, was du im Lehrerzimmer sagst, kommt irgendwann zu Höllinger. Er verfügt über ein lückenlos ausgetüfteltes Agenten- und Doppelagentensystem innerhalb des Lehrkörpers. Also Vorsicht, schloss Josef, und Augen auf. Dann sagte er, ich solle noch eine Minute warten, ehe ich ihm ins Lehrerzimmer folgte, und ließ mich allein. Matt lehnte ich mich an den Heizkörper und starrte vor mich hin. Mit einem Ruck drehte ich mich plötzlich zum Handtuchspender um. Ein benutztes Stück Handtuch grinste mir ekelhaft feucht aus der weißen Box entgegen.

# 10

Ich kam rechtzeitig zum Klingeln ins Lehrerzimmer und wurde von einem seine Zähne bleckenden Linnemann begrüßt. Kranich, sagte er, Sie sollen nach der nächsten Stunde zum Direktor kommen, das wurde gerade durchgegeben. Ich erschrak, tastete meine Hosentasche ab und stellte erleichtert fest, dass mein Schlüssel noch da war. Ich blickte mich um. Josef und Achim waren bereits verschwunden. Pascal saß noch auf dem Sofa. Ich setzte mich kurz und fragte ihn, ob er eine Ahnung hätte, weshalb mich Höllinger zu sich zitiert haben könnte. Er zuckte mit den Schultern und sah teilnahmslos vor sich hin. Was denn los sei? fragte ich ihn. Unterrichtsbesuch, sagte er. Wie? fragte ich, jetzt? Am zweiten Schultag? Vom Oberschulamt? Er schüttelte den Kopf. Domkapitular, sagte er. Kirche. Es gehe um die Missio. Um die Missio? fragte ich. Eltern hätten sich über ihn und seinen Religionsunterricht beschwert, sagte Pascal. Er würde zu wenig Bibel machen. Und jetzt der Domkapitular. Kontrollbesuch. Eben erst angekündigt. Sechste Stunde. Er habe keine Ahnung, was er da machen solle. Ich sah ihn an. Er saß bleich und zitternd auf dem Sofa. Wenn man ihm die Missio entziehe, fragte er, was solle er dann tun? Nie wieder, sagte er, wolle er sein Wort oder seine Hand gegen das heilige Schulsystem erheben. Er bereue zutiefst seine widerwärtigen Anwandlungen. Ohne die Missio, sagte er, sei er ein Nichts. Die Missio mache ihn allererst zu dem, was er wirklich sei, ein ganzer Mensch, ein runder, ein fertiger Mensch, ein Mensch mit Arbeit und Geld zum Leben. Pascal war immer lebhafter geworden und hatte sich bei den letzten Worten regelrecht an mich gekrallt. Jetzt starrte er mich wirr und mit flackernden Augen an. Ich müsse jetzt gehen, sagte ich, ich sei sowieso schon fünf Minuten zu spät. Ich riss mich los, schnappte mir mein Buch und lief zum Klassenzimmer. Ich war so verwirrt, dass mir jedwede Konzentration abging. Wie konnte ich Pascal helfen? dachte ich. Und was wollte der Direktor von mir? Auch machte sich erstmals an diesem Tag große Müdigkeit in mir breit, ich merkte, dass ich in der Nacht keine Sekunde geschlafen hatte, und die Stunde lief völlig an mir vorbei. Die zweisprachig aufgewachsenen Schüler der 10d kamen mit dem Kopfschütteln und dem Aufschreiben der Fehler gar nicht mehr mit. Als ich einmal nach *avoid* kein *gerund* verwendete, biss sich einer von ihnen auf die Zunge, ein anderer zog die Luft durch die Zähne, ein Dritter stöhnte schmerzhaft auf und ließ vor Schreck den Stift fallen, als hätte er sich an ihm verbrannt. Erst als mich einer der Schüler nach dem englischen Wort für Lawinengefahr fragte, hellte sich meine Miene auf, Lawinengefahr, sagte ich und stolzierte dozierend vor den Schülern auf und ab, Lawinengefahr, nichts leichter als das, sagte ich, Lawinengefahr sei ein Wort, das sicherlich kaum einem Englischlehrer im Kollegium *ad hoc* bekannt sein dürfte, woran sie, die Schüler, sähen, was für ein Glück sie hätten, mich als Lehrer bekommen zu haben, Lawinengefahr, sagte ich und schluckte, einen Moment noch, sagte ich, ich sehe es vor mir, sagte ich, es liegt mir schon auf der Zunge, einen Moment noch, gleich. Die Schüler sahen mich aufmunternd an. Es steht mir greifbar vor Augen, sagte ich, gestern wusste ich es noch, ganz sicher, Sie müssen mir glauben, ich bitte Sie. Also? fragte einer der Zweisprachigen. Ich sackte zusammen und musste passen. Es war mir irgendwann zwischen einem der Biere im Ratskeller entfallen. Auch das noch, murmelte Horst

Höllinger und machte sich eine Notiz. Als die Stunde vorüber war, stürzte ich aus dem Zimmer, nicht ohne vergessen zu haben, mein Kürzel sowie den üblichen Vermerk über den in der Stunde behandelten Stoff ins Klassenbuch einzutragen. Ich ging am immer noch reglos auf dem Sofa sitzenden Pascal vorbei, klopfte ihm auf die Schulter, sagte ihm, er solle ruhig bleiben. Sobald ich beim Direktor gewesen sei, käme ich zurück und würde ihm helfen. Dann trat ich vor den Spiegel im Lehrerzimmer, strich mir die Haare aus der Stirn, zupfte den Hemdkragen zurecht, rieb mir mit den Händen durchs Gesicht, gab mir einige leichte, aufmunternde Ohrfeigen und ging los.

Im Sekretariat meldete ich mich mit kreidiger Stimme. Ich müsse zu Herrn Höllinger. Die erste Sekretärin sah mich mitleidig an. Die Zweite legte mir, als ich an ihr vorbeiging, kurz die Hand an die Schulter, Kopf hoch, sagte sie. Ich ging zur Tür und klopfte leise. Von innen hörte ich Höllingers *ja bitte*, ich öffnete und trat ein. Kommen Sie, kommen Sie, mein lieber Kranich, sagte er, setzen Sie sich, möchten Sie einen Kaffee? Ich lehnte dankend ab. Was sind Sie denn so nervös? fragte er. Haben Sie Angst? Nein, sagte ich, nein, nein. Sagen Sie, sagte der Direktor und schnupperte misstrauisch, haben

Sie getrunken? Nein, sagte ich, nein, warum? Es schiene ihm so, Alkohol im Dienst, ich wisse ja, was das bedeute. Nein, wiederholte ich, ich sei völlig nüchtern. Er habe vor Wochen, sagte Höllinger, beim Oberschulamt angefragt, ob es nicht möglich sei, einen Satz von jenen Röhrchen zu bekommen, die von Polizisten für Verkehrskontrollen verwendet werden. Er wolle auf diese Weise alkoholisierten Lehrern ein für alle Mal den Garaus machen. Leider habe er bislang noch keinen positiven Bescheid. Ich, sagte ich, habe nichts zu verbergen, Sie können mir glauben, Herr Höllinger. Kein Restalkohol? fragte er. Nein, wieso? fragte ich. Weil man Sie gestern gesehen hat, sagte er. Mich? fragte ich. Wo denn? Beim Verlassen des Ratskellers, sagte Höllinger, in Stuttgart, gegen fünf Uhr, betrunken, gemeinsam mit drei weiteren konspirativen Elementen der Schule. Ich erbleichte. Das müsse, stotterte ich, woher er denn, also auf keinen Fall könne er. Ruhig, ruhig, sagte Höllinger. Es sei ja alles in Ordnung. Ich hätte ihn ganz vorschriftsmäßig angelogen, das sei alles, was er wolle. Er sei vollkommen zufrieden mit mir. Ob ich mich nicht an das Einstellungsgespräch erinnerte, an die vier Säulen des Schulsystems? In ganz und gar vorbildlicher Manier hätte ich den Schein ihm gegenüber gewahrt, ich hätte mich damit als ein würdiger Lehrer dargestellt und keine Schwierigkeiten zu erwarten. Denn was wäre geschehen, sagte er, wenn ich alles zugegeben hätte? Nicht auszudenken, welche Schritte er, Höllinger, in die Wege hätte leiten müssen. Nicht wahr? Ich nickte. Wie dem auch sei, sagte Höllinger und kramte nach Papier und Stift, am heutigen Tag stehe die übliche routinemäßige Überprüfung des Übersichtsverständnisses auf dem Programm. Ich sah ihn fragend an. Er wolle sich vergewissern, sagte Höllinger, ob es mir pflichtgemäß gelungen sei, mir während der ersten beiden Schultage – ein solcher Zeitraum sei zu diesem Zweck ganz und gar hinreichend – ob es mir also pflichtgemäß gelungen sei, mir einen ausreichenden Überblick über die in seiner Schule sich befindlichen und für den täglichen Bedarf eines jeden Lehrers unabdingbaren Akten und Wandanschläge zu verschaffen. Ob ich ihm also sagen könne, wo sich der Vertretungsplan befinde, wo die Personalratsankündigungen, wo die Liste mit den Klassenlehrern, wo die Liste mit den Mentoren für die Oberstufenschüler, wo der Klassenarbeitsplan, und nicht nur, wo sich der Klassenarbeitsplan befinde, sondern auch, mit welcher Farbe man Klassenarbeiten in den Klassenarbeitsplan einzutragen habe im Gegensatz zur Farbe für die unangekündigten Kurztests, die angekündigten Kurztests und die schriftliche Hausarbeitsüberprüfung, ferner wolle er wissen, wo sich die blauen Mappen befänden, in die man die einzelnen Klassenarbeitsnoten unmittelbar nach der Klassenarbeitskorrektur einzutragen habe, um sie damit jedem in der Klasse unterrichtenden Lehrer zur sofortigen Kenntnisnahme zugänglich zu machen, er wolle wissen, wo sich die GEW-Anschläge befänden, wo die des Philologenverbandes, wo man die Elternbeiratsbestimmungen finden könne, wo das Schulgesetz, wo die vorgefertigten Formulierungen zur Erstellung der Kopfnoten in der Unterstufe, wo den Belegungsplan für die beiden Videoräume, wo die Liste für die Themenvorschläge des Pädagogischen Tages, wo die Klassenkonferenz- und Fachkonferenzlisten zur kenntnisnehmenden Abzeichnung für die beteiligten Lehrer, wo das Protokoll der letzten Schulkonferenz und Gemeinderatssitzung, wo das Adressverzeichnis der Angestellten, wo das Ringbuch mit den jeweiligen Stundenplänen der Lehrer … Höllinger fragte einige Minuten so weiter, und die meisten Fragen konnte ich zu seiner Zufriedenheit beantworten. Er hatte eine Liste vor sich auf dem Tisch ausgebreitet, auf der ich mir im

Falle einer positiven Beantwortung einen Haken plus zustimmendes Nicken einhandelte, im Falle eines Nichtwissens jedoch einen Strich. Dann lehnte er sich zurück, und ich atmete auf, da ich glaubte, die Überprüfung sei beendet. Er zählte kurz nach, sagte dann, drei Striche, das sei eine durchaus ordentliche Leistung, wenngleich er sich die allerwichtigste Frage für den Schluss aufgehoben habe. Ich sammelte die letzten Reste meiner Spucke im Mund und sah ihn erwartungsvoll an. Er fragte mich, wo sich die Karteischränke mit den *Vornoten der Schüler* befänden. Ich schwieg. Ob ich das wisse? Ich verneinte. Höllinger schüttelte den Kopf. Diese jungen Lehrer, sagte er, kämen an seine Schule und dächten, sie könnten ganz von vorn anfangen. Dächten, sie bräuchten sich nicht zu scheren um das, was vor ihnen gewesen sei. Ich, Kranich, sagte Höllinger, sei nur ein winziger Teil im ganzen Großen. Das Orchester habe lange vor mir zu spielen begonnen. Ich sei hinzugekommen und könne froh sein, dass ich mich setzen und ab und zu einmal einen Ton zum Gelingen beisteuern dürfe. Die Vornoten, sagte er, seien das Rückgrat eines jeden Neuanfängers, und ich, Kranich, wüsste nicht einmal, wo sich die Karteischränke mit den Vornoten befänden. Wie wolle ich da wissen, wie gut oder schlecht die Schüler seien? Ich könnte ja ohne Kenntnis der Vornoten zu völlig anderen Ergebnissen kommen als mein Vorgänger. Abweichungen, sagte Höllinger, Abweichungen seien nur in begrenztem und durch Verwaltungsvorschriften geregeltem Maße erlaubt. Letztlich würden die Abiturnoten der Schüler schon in der fünften Klasse festgelegt. Man müsse sich nur die Statistiken anschauen. Wer in der fünften Klasse schon einen Schnitt von 1,2 habe, der werde auch das Abitur mit annähernd 1,2 ablegen. Ich verlange, sagte Höllinger, dass Sie mir morgen in der sechsten Stunde ausführliche Beweise Ihrer Kenntnis der Vornoten vorlegen, kopieren Sie sich die Akten und lernen Sie sie auswendig. Das ist in Ihrem eigenen Interesse. So können Sie keine Fehler bei der Beurteilung von Schülern machen, und wenn Sie keine Fehler bei der Beurteilung von Schülern machen, werden auch keine Eltern versuchen, Sie in die Enge zu treiben, und Sie ersparen sich einen Haufen juristischer Quälereien. Ich nickte und versuchte mir alles genau zu merken. Dann machte Höllinger eine mir gewichtig und schwer erscheinende Pause. Das sei ein ganz schöner Bock, sagte Höllinger, den ich da geschossen hätte, nicht zu wissen, wo sich die Vornoten befänden. Aber er wolle den Mantel des Schweigens über meine Fehlleistung decken, vorausgesetzt – hier rückte er an seinem Schreibtisch ein wenig näher zu mir hin – vorausgesetzt, sagte er, ich wolle ihm auch ein wenig entgegenkommen. Natürlich, sagte ich froh, gern, alles, was er wolle. Er schwieg einen Augenblick, schien sich noch nicht ganz schlüssig zu sein, dann aber gab er sich einen Ruck, schloss eine Schublade seines Schreibtischs auf, entnahm ein Schriftstück und sagte mir, er habe vor, mich zu seinem zweiten diesjährigen Geheimen Sicherheitsbeamten zu machen. Er sah mich an. Ich sackte zusammen wie ein Kartenhaus. Er habe bislang immer nur einen einzigen Lehrer für diesen Dienst bestimmt, aber schon lange an dem Plan gefeilt, einen zweiten GSB auf das Kollegium loszulassen. Nähme ich das Amt an, so wolle er nicht mehr über all meine Verfehlungen, die ich mir bereits zu diesem frühen Zeitpunkt im Schuljahr geleistet hätte, sprechen. Er wolle sie vergessen. So tun, als hätte ich mich immer tadellos verhalten. Das, sagte er, wäre als Gegenleistung eigentlich genug, wenn man bedenke, was ich schon auf dem Kerbholz hätte: Alkoholexzesse, falscher Wohnort, Vornotenignoranz. Aber, fuhr Höllinger fort, wenn es mir gelänge, bis zu den Herbstferien *zwei Lehrer-*

*schlüssel* zu erbeuten, wolle er sogar so weit gehen, mich von der Liste zu streichen, ich wisse ja bestimmt über die Liste Bescheid, oder nicht? Ich wusste nicht, ob ich nicken oder den Kopf schütteln sollte, und machte eine undurchsichtige Geste. Ob ich also, schloss Höllinger, sein Angebot annähme? Dabei sah er mich an. Mechanisch nickte ich. Da reichte er mir das Schriftstück, auf dem er, wie er sagte, festgesetzt habe, dass ich, Martin Kranich, im laufenden Schuljahr als GSB tätig sei. Dieses Schriftstück hätte ich ständig bei mir zu führen, als Rechtfertigung und Legitimation meines geheimen Amtes, für den Fall, dass ein Lehrer mich beim Ausüben meiner Tätigkeit, dem Stehlen von Schlüsseln, erwischen würde. Damit erhob er sich, reichte mir die Hand und strahlte. Ich lächelte schwach und ging Richtung Tür. Als ich den Griff schon in der Hand hielt, sagte Höllinger noch: Ach, Kranich? Ich drehte mich um. Ja? fragte ich leise. Was ich noch sagen wollte, sagte Höllinger, ohne von seinem Buch aufzublicken, das er soeben aufgeschlagen hatte. Lawinengefahr heißt *danger of avalanches.*

## 11

Als ich das Direktorat verließ, drückte mir eine der Sekretärinnen eine laminierte Karte in die Hand und sagte in tröstendem Tonfall: Ihr Lehrerleihausweis. Ich nickte ihr zu, nahm aber alles um mich her seltsam verschwommen wahr. Ich wusste nicht, ob ich jemanden, und wenn ja, wen, in meine Lage einweihen sollte, und beschloss, mich zunächst zurückzuhalten und um Pascal zu kümmern. Doch auf dem Gang zum Lehrerzimmer merkte ich, wie sehr das Gespräch mit Höllinger meinen Magen zerwühlt hatte, und bog zur Toilette ab. Dort war ich allein. Ich ließ die Hosen runter und setzte mich. Um mich von dem, was soeben geschehen war, abzulenken, dachte ich an eine von Renners Theorien, die er in der vergangenen Nacht im Ratskeller erzählt hatte. Ausgehend vom Hierarchiedenken unserer westlichen Welt im Gegensatz zur balischen Bewusstseinsebene war er auf einen fundamentalen Unterschied zwischen Mann und Frau zu sprechen gekommen. Frauen, hatte

Renner gesagt, würden ihre Hosen auf der Toilette immer nur bis kurz oberhalb der Knie zurückschieben, Männer dagegen bis zu den Knöcheln herablassen. So dasitzend konnte ich seine Theorie für meine Person durchaus bestätigen, und ich hatte gerade den Augenblick erreicht, der eine Entspannung des Darms und somit ein Sichöffnen des Schließmuskels ermöglicht hätte, als die Tür aufging und jemand den Toilettenraum betrat. Alles in mir kniff sich zusammen. Ich lauschte angestrengt, hörte aber weder einen Urinstrahl an einem der beiden Pissoirs noch ein Öffnen und Schließen der Nachbartür zur zweiten Kabine. Derjenige, der eingetreten war, stand demnach reglos in der Mitte des Toilettenraums und tat nichts. Ob er mich belauschte? Ich überlegte, ob ich bei dem, was ich zu tun im Begriff war, eine Verwaltungsvorschrift außer Acht ließ, konnte aber in meinem Verhalten nichts Anstößiges finden. Schließlich öffnete sich doch noch die Kabinentür neben mir, und jemand sperrte schnaufend ab, schob die Hose, man konnte es hören, bis zu den Knöcheln nach unten und ließ sich auf die Brille nieder. Es war Bassel, dachte ich, dick und schwer schnaufend und eigenartige Stöhnlaute von sich gebend. Ich selbst konnte mich nicht mehr auf meine eigene Aufgabe konzentrieren und gab mein Vorhaben einstweilen auf, erhob mich still und zog die Hosen hoch. Plötzlich hörte ich ein Klirren. Sein Schlüssel, dachte ich, Bassels Schlüssel. Ich ging in die Knie und schaute durch den handbreiten Spalt in die Nachbarkabine. Der Schlüssel lag auf dem Kloboden. Irgendwie aber traute ich der Sache nicht so recht: Kurz nach dem Gespräch mit Höllinger schon eine solche Gelegenheit? Da war irgendetwas faul. Ich stellte mir vor, wie Bassel im Klo nebenan saß, mit gezücktem Hackbeil, nur darauf wartend, dass ich meine Hand durch den Spalt zu ihm und dem als Köder ausgelegten Schlüssel schob. Nein, ich tat so, als hätte ich den Zweck meines Hierseins bereits hinter mir, betätigte die Spülung, schloss auf und ging schnell zum Ausgang, doch beim Verlassen des Toilettenraumes hörte ich Bassels Stimme durch die verschlossene Kabinentür: Nicht mal die Hände gewaschen, Kranich.

Ich hastete den Gang zurück ins Lehrerzimmer, auf dem mir, ich sah ihn schon von weitem, Josef Jensen entgegenkam. Es lag ein siegesgewisses Lächeln auf seinen Lippen, und als wir aneinander vorbeigingen, raunte er mir zu, die Bombe tickt. Im Lehrerzimmer sah ich, dass Pascal immer noch auf dem Sofa saß, ihm gegenüber ein Mann in

Schwarz. Es klingelte. Neben Pascal stand ein Korb mit weinroten Schulbibeln. Pascal hob den Korb hoch, es war, als nähme er ein Kreuz auf seine Schultern, und ohne mich wahrzunehmen, verließ er, gefolgt vom Domkapitular, das Lehrerzimmer. Ich drück dir die Daumen, sagte ich, aber er reagierte nicht. So ging ich ins Sekretariat, holte aus dem dort befindlichen Karteischrank die Personalakten meiner sämtlichen Schüler und schlug den Weg zum Kopierer ein. Um den Kopierer herum drängelten sich sechs oder sieben Lehrer, in ihrer Mitte Kleible, eine Dose Toner in den schwarz verschmierten Händen. Gleich, versuchte Kleible die Lehrer zu beruhigen, es kann sich nur noch um Minuten handeln. Ich zögerte einen Augenblick, warf mir dann meine Jacke über, verließ die Schule, ging in die Stadt, fragte nach einem Copy-Shop, kopierte meine Akten, zahlte, kehrte wieder um, brachte die Akten zurück und erntete dabei ein wohlwollendes Nicken des Direktors, der gerade im Sekretariat stand und die Sekretärinnen bei der Arbeit beobachtete.

## 12

Es blieben zwanzig Minuten, ehe wir uns alle zum obligatorisch am Schuljahresanfang aufzunehmenden Gruppenfoto vor dem für den Lichteinfall um diese Uhrzeit günstigen Westeingang zu versammeln hatten. Ich kam aber nicht dazu, einen Blick in meine kopierten Akten zu werfen, da sich eine Lehrerin neben mich setzte, ganz in Grau, Mitte fünfzig, ihre Bewegungen hatten etwas Ruckartiges, Strenges, sie reichte mir die Hand und sagte, Kniemann, Geschichte, Latein, Griechisch und Ethik. *Und* Ethik? fragte ich. Und Ethik, sagte sie. Ich sagte, Kr … Sie wisse Bescheid, unterbrach sie mich, Kranich, Englisch, Deutsch, sie, Kniemann, studiere immer die Akten der Neuankömmlinge, noch ehe diese an der Schule eingetroffen seien. Man müsse *alles* wissen, man dürfe nie unvorbereitet einer Situation entgegengehen, als Lehrer schon gar nicht. Für die Schüler sei man der Quell des Wissens. Sie hätten vor Ehrfurcht zu erstarren, die Schüler, vor der Autorität der Bildung, vor der Überlegenheit des Lehrerintellekts. Dann sah sie sich in alle Richtungen um und flüsterte plötzlich, ein wenig näher rückend: Herr Kranich, *fragen Sie mich*. Ich sagte, wie bitte? Fragen Sie mich, ich bitte Sie, irgendwas *Geschichtliches*, egal was, fragen Sie mich, machen Sie schon, kommen Sie, Kranich. Ich brauchte einige Sekunden, um meine Gedanken zu ordnen, und stammelte dann, also gut, wie Sie wollen: Wann wurde Rom erbaut, also, ich meine, gegründet? Nein, rief Kniemann, Kranich, konzentrieren Sie sich, ich meine *Fragen*, *richtige* Fragen, *schwierige* Fragen, Fragen, die niemand wissen kann, der nicht *alles* weiß, na los, machen Sie schon, wir haben nicht ewig Zeit. Ich dachte fieberhaft nach und fragte sie, wer der erste Außenminister der Bundesrepublik gewesen sei. So wird das nichts, sagte sie und zog ein Oberstufengeschichtsbuch aus ihrer Schultasche. Los, Kranich, schlagen Sie nach, schlagen Sie irgendeine Seite auf und fragen Sie mich. Ich öffnete das Buch und fragte, wie lang die Siegfriedlinie sei. Ja, sagte sie, endlich lächelnd, ja, Kranich, 400 Kilometer, sie schloss die Augen, rund 400 Kilometer, vielleicht länger, noch länger, eigentlich Westwall, sagte sie, zwischen Mai 38 und August 39 erbaut, von Aachen bis Basel, rund 15 000 Bunkeranlagen. Weiter, Kranich, machen Sie weiter, hören Sie nicht auf. Ich fragte sie nach dem Wormser Konkordat. Gut so, sagte Kniemann, 23. September 1122, zwischen Heinrich dem Fünften und Calixt dem Zweiten. Weiter. Josephus Flavius? Zu flach, Kranich, tiefer, Kranich, tiefer. Ich fragte ungefähr fünf Minuten lang, begann schließlich Fragen zu erfinden, Kniemann schien Napoleons Schuhgröße zu kennen, ich konnte es nicht kontrollieren, sie kannte die Haarfarbe des Sonnenkönigs (unter der Perücke), die Konfektionsgrößen von Lenin und Friedrich dem Großen, sie wusste, wie viele Instrumente Ludwig Erhard spielen konnte und um wie viel Uhr die Marseillaise komponiert worden war. Erst als ich sie nach der Dioptrienzahl von Franz-Josef Strauß fragte, erbleichte sie. Sie nahm mir leicht verärgert, wie es schien, das Buch aus der Hand, stand auf und ging an ihren Platz. Ich konnte nicht verfolgen, was sie nun tat, da in diesem Augenblick eine kleine, bebrillte, noch junge Lehrerin auf mich zustürzte. Ob ich wahnsinnig sei? schrie sie mich an. Was denn? fragte ich verwirrt. Wie ich die Frechheit haben könne, ein schwarzes Hemd zu tragen? Ich verstand sie nicht. Hilde Bräunle ihr Name, Deutsch, Französisch. Kranich, sagte ich … Sie sei die Lehrerfotokoordinatorin. Ob ich ihren

Brief nicht bekommen hätte? Welchen Brief? fragte ich. Den Brief, auf dem schwarz auf weiß stünde, in welcher Kleidung ich am heutigen Dienstag zum Unterricht zu erscheinen habe. Nein, sagte ich, ich hätte keinen Brief bekommen. Auch das noch, sagte sie und reichte mir eine Liste. Hier, sagte sie, steht es, deutlich lesbar, *Kranich – helles Oberteil.* Ich sagte, ich verstünde nicht … Der Fotograf, sagte sie, kann nur dann ein Foto machen, wenn die Lehrer in abwechselnd dunklen und hellen Oberteilen nebeneinander stehen. Der Kontrast, Sie wissen schon. Seit Jahren habe sie, Hilde Bräunle, die Aufgabe übernommen, den Lehrern in einem Brief mitzuteilen, in welcher Kleidung sie am Tag der Ablichtung aufzutauchen hätten, eine nicht einfache Koordinationsleistung, da sie die verschiedensten Dinge zu berücksichtigen hätte: Manche Lehrer weigerten sich schlichtweg, außerhalb von Beerdigungsveranstaltungen Schwarz zu tragen, andere hätten keine hellen Kleidungsstücke in ihrer Garderobe, daneben müsse sie die Größe der Lehrer berücksichtigen, also die Tatsache, wer letztlich wo in welcher Reihe platziert werden könne, ohne einen kleineren Lehrer zu verdecken. Stundenlang säße sie an diesem Plan. Vom Verschicken der Briefe einmal abgesehen. Und jetzt besäße ich die

Frechheit, ihr Werk zu vernichten. Es sei undenkbar, dass der Fotograf auf den Auslöser drücke, wenn drei dunkel bekleidete Lehrer nebeneinander stünden. Ich nickte. Was man da tun könne? fragte ich. Frau Bräunle setzte sich und wurde ruhiger. Also, sagte sie, sie sehe da drei Möglichkeiten. Welche? fragte ich. Entweder ich ließe mich mit nacktem Oberkörper fotografieren. Nein, sagte ich sofort, das komme nicht in Frage. Oder aber, fuhr Bräunle fort, ich verzichtete auf das Foto. Und die dritte Möglichkeit? fragte ich. Irgendein Lehrer, antwortete Hilde Bräunle, müsse zufällig ein zweites helles Oberteil dabeihaben, das er mir ausleihen könne. Gut, sagte ich, ich würde mich umhören. Da schellte es schon, es war ein Uhr, ich stand auf und fragte alle mir entgegenkommenden Lehrer nach einem zweiten hellen Oberteil, niemand konnte mir helfen, nur Achim Renner sagte, er habe eine Idee. Er lief fort und kam gerade noch rechtzeitig mit einem gelben Sportleibchen aus der Turnhalle zurück, welches ich mir zum Westeingang laufend überwarf, ehe ich keuchend auf das Klicken des Fotografen wartete und gleichzeitig merkte, dass der ganze aufgestaute Druck meines Magens nun in meinen Därmen rumorte, ich erinnerte mich an die abgebrochene Sitzung auf der

Lehrertoilette und hoffte, dass der Fotograf sich beeilen würde, was jedoch nicht der Fall war. Erst nach zehn Minuten wurden wir entlassen, und ich stürzte im gelben Sportleibchen zur Toilette.

Als ich nach geraumer Zeit die Toilette verließ, war es schon reichlich still im Schulhaus. Ich suchte nach Pascal, konnte ihn aber nirgends finden. Er war nicht mal zum Fototermin erschienen. Das beunruhigte mich. So packte ich schließlich meine kopierten Schülerakten ein und verließ die Schule, lief durch die Unterführung, der Mann am Akkordeon war nicht da, und ich fuhr zurück nach Stuttgart. Im Zug fand ich eine Göppinger Tageszeitung, aus der ich einige Wohnungsangebote herausriss. Zu Hause aß ich irgendetwas, das in meinem Kühlschrank vor sich hin gammelte, legte während des Essens die Akten meiner Schüler auf den Küchentisch und begann, die Vornoten auswendig zu lernen. Mehr als einmal wären mir beinah die Augen zugefallen, aber ich riss mich zusammen. Gegen acht hatte ich die Noten sattelfest im Kopf und ging daran, meine Stunden für den nächsten Tag vorzubereiten. Ich werde es gewissenhaft tun, sagte ich mir, und es war zwei Uhr morgens, als ich endlich vom Schreibtisch aufstand. Ich war am Ende meiner Kräfte, schaffte es aber noch, mein Geschichtsbuch hervorzukramen, zwölf knifflige Fragen aufzuschreiben und in die Tasche zu schieben, um für weitere Gespräche mit Frau Kniemann gerüstet zu sein. Beim Ausziehen stellte ich fest, dass ich noch das gelbe Sportleibchen trug, ich legte mich hin, kuschelte mich in die Kissen, gähnte lang und friedlich und war gerade im Begriff einzuschlummern, als mich ein bestialischer Schock aus den Federn riss. Ich fuhr hoch und schlug mir die flache Hand vor die Stirn. Die Fachkonferenz! Englisch! Heute Mittag! Nach dem Fototermin! Vollkommen vergessen! Stattdessen hatte ich auf dem Klo gesessen, anschließend Pascal gesucht und ihn nicht gefunden. Mein Herz begann so rasch zu schlagen, dass ich für den Rest der Nacht kein Auge mehr zutat.

## 13

Völlig verkatert und übermüdet näherte ich mich meinem dritten Schultag im ERG. Ich war die ganze Nacht durch meine Wohnung getigert und hatte händeringend überlegt, welche Erklärung ich für mein Fehlen bei der Fachkonferenz würde abgeben können. Ich befürchtete, dass Frau Klüting den Chef von meinem Fehlen in Kenntnis gesetzt hatte. Dann, dachte ich, im Zug sitzend, wäre alles verloren, da würden auch keine erbeuteten Schlüssel mehr helfen. Da durchzuckte mich der Gedanke an meinen geheimen Auftrag, und ich begann, über Schlüsselentwendungsmöglichkeiten nachzudenken. Wem könnte ich die Schlüssel klauen? Wem und wie? Linnemann? Nein, der hatte schon sein Fett abbekommen. Miller? Dem Bibliothekar? Der ist zu vorsichtig. Kniemann? Wer weiß … Am Eingang zur Schule traf ich Herrn Krämer. Er sagte träge, noch sechs Wochen und drei Tage. Zwei Tage, sagte ich. Wieso? fragte er. Sie vergessen den dritten Oktober, sagte ich, und Krämer nickte anerkennend. Im Lehrerzimmer schaute ich mich zunächst nach Frau Klüting um, in dem Bestreben, ihr, so weit möglich, aus dem Weg zu gehen. Sie war zum Glück noch nicht da. Vielleicht hatte sie die erste Stunde frei. Dann erst nahm ich die eigentümliche Atmosphäre im Lehrerzimmer wahr, es herrschte ein Tuscheln ringsum, eine unsichtbare Wolke lag um die Köpfe der Lehrer, die von Hand zu Hand Informationen austauschten. Ich wurde von Kleible mit den Worten begrüßt, die Weißen. Ich nickte ihm zu. Josef hob von weitem bedeutungsvoll die Augenbrauen. Die Bombe ist geplatzt, sagte Renner neben mir, sie haben angerufen. Wer? fragte ich. Die Weißen, sagte Renner. Wen? fragte ich. Den Direktor, sagte Renner. Woher er das wisse? fragte ich. Die Sekretärinnen, sagte Renner, hätten am Nachmittag das Telefongespräch belauscht, die Putzfrau habe später die Sekretärinnen belauscht und ihre Informationen an Josef weitergegeben. Dann betrat Klüting das Lehrerzimmer, und ich wäre am liebsten unter einen der Tische gekrochen, sie ging aber an mir vorbei, grüßte mich freundlich und verlor kein Wort über mein gestriges Fehlen. Das erleichterte mich einerseits, beunruhigte mich aber gleichzeitig, da ich nicht wusste, was dieses

Nichtbeachten meiner Schuld zu bedeuten hatte. Ich hielt nach Pascal Ausschau, konnte ihn nirgendwo sehen und begann, mir langsam Sorgen zu machen. Da klingelte es, und ich musste in die 10d, wo mir die Schüler eine von jenen kleinen, mit Flüssigkeit gefüllten Glaskugeln auf den Tisch gestellt hatten, die man durch Schütteln zum Schneien bringen konnte. Ich begrüßte die Schüler, schüttelte die Kugel, erfreute mich am Schnee, der langsam auf das kleine Haus und die winzigen, in der Kugel befindlichen Menschen fiel, und sagte *snow*. Die Schüler applaudierten. In der Fünf-Minuten-Pause sah ich den ersten herrenlosen Schlüssel auf einem der Lehrertische und atmete schneller. Ich konnte nicht erkennen, wem der Schlüssel gehörte, sah mich nach allen Seiten um, zögerte aber einen Augenblick zu lange, denn mit einem Aufschrei stürzte sich Bruns auf den Schlüssel und riss ihn mit hochrotem Kopf vom Tisch. Dann hörte ich einen lauten Knall und sah endlich Pascal, der soeben eine Flasche Sekt geöffnet hatte und, umringt von sechs, sieben Lehrern, den Sekt in Gläser goss. Pascal, rief ich, was ist los? Er reichte auch mir ein Glas, wir stießen alle an und tranken. Anschließend sammelte ein Lehrer die leeren Gläser ein und beseitigte die Spuren. Er habe eine Eins bekommen, strahlte Pascal. Wie das? rief ich erfreut und klopfte ihm auf die Schulter. Er habe eine hervorragende Stunde gehalten, sagte er. Unvorbereitet? fragte ich. Natürlich, sagte er, hervorragend. Der Domkapitular persönlich habe ihm dies bescheinigt. Was er denn gemacht habe, in der Stunde? fragte ich ihn. Pascal sah sich im Kreis um. Als Einstieg, begann er, habe er die Kinder vorbeten lassen, zehn Minuten lang, sämtliche Gebete, an die er, Pascal, sich noch vage habe erinnern können, er habe strengstens auf das korrekte Aussprechen der Gebete geachtet, Dein Reich *komme*, habe er die Kinder verbessert, *komme*, nicht *kommt*, Konjunktiv I, habe er gesagt, Dein Wille *geschehe*, *geschehe*, nicht *geschieht*. Wer den Konjunktiv II von *geschehen* kenne? habe er die Kinder gefragt. Wer das Ganze durchkonjugieren könne? Wer wisse, was *gebenedeit* bedeute? Wer ein Synonym für *gebenedeit* kenne? Nach dieser Einstiegsphase habe er die Bibeln auspacken und die Kinder abwechselnd Bibelstellen vorlesen lassen. Dreißig Minuten lang. Das sei alles gewesen. Am Ende habe er noch ein Abschlussgebet gesprochen und den Domkapitular um seinen Segen gebeten, den er, Pascal, und die gesamte Klasse kniend entgegengenommen hätten. Gerade der letzte Akt der Stunde habe beim Domkapitular einen nachhaltigen Eindruck hinterlassen. Pascal und der Domkapitular hätten sich anschließend zur Besprechung der Stunde in ein leeres Klassenzimmer zurückgezogen, doch in dem Augenblick, da der Domkapitular mit seiner Detailkritik an der Stunde habe beginnen wollen, habe er, Pascal, gesagt, er wolle sich ganz dem weisen Urteil des Domkapitulars beugen und die kostbare Zeit der kommenden fünfundvierzig Minuten nicht mit überflüssigen Worten verstreichen lassen, sondern lieber mit ihm, dem Domkapitular, gemeinsam wachen und beten. Der Domkapitular habe genickt und nicht nur die verbliebenen fünfundvierzig Minuten gebetet, sondern Pascal anschließend eingeladen, mit ihm in die Christuskirche zu gehen, wo beide die Nacht über in schweigender Meditation ausgeharrt hätten. Auf seine, Pascals, bange Frage, ob man ihm nun die Missio entziehen werde, habe der Domkapitular entgegnet, dass nie ein Lehrer würdiger dieses Wort getragen habe als er, Pascal. Wir applaudierten. Dann klingelte es, und als wir alle in die zweite Schulstunde dieses Tages gehen wollten, hörten wir aus dem Lehrerzimmerlautsprecher die Stimme des Direktors, die kalt und leer klang. Er sagte, er rufe alle Lehrer nach dem Ende der zweiten

Stunde zu einer außerplanmäßigen Kurzkonferenz zusammen. Um ein pünktliches Erscheinen zu gewährleisten, sei die folgende Stunde einheitlich fünf Minuten vor dem regulären Ablauf zu beenden. Schweigend gingen die Lehrer in ihre Klassen. Josef überholte mich mit gertenartigen Schritten, und ich sah, wie er hinter seinem Rücken den Daumen der rechten Hand hob.

Um den Klassenraum meiner fünften Klasse zu erreichen, musste ich am Beratungszimmer vorbei, dessen Tür plötzlich ruckartig aufsprang. Kranich! hörte ich eine Stimme. Ich erkannte im Schatten des Zimmers Frau Kniemann. Ja? fragte ich. Kommen Sie rein, sagte Kniemann. Ich sagte, ich hätte jetzt Unterricht … Das wisse sie, aber sie habe mir wichtige Dinge mitzuteilen. Ich ging hinein und schloss die Tür. Beantwort*bar*, war ihr erstes Wort, das sie mir entgegenzischte. Ich, Kranich, hätte die Todsünde eines jeden Lehrers begangen. Eine unverzeihliche Ungeheuerlichkeit. Sie, Kniemann, habe am gestrigen Tag drei Stunden am Telefon verbracht. Zunächst habe sie einen Freund angerufen, Parteimitglied der CDU. Der habe nichts gewusst und sie weiterverbunden an ein Parteimitglied der CSU. Der wiederum habe sie genauestens ausgehorcht. Als er erfahren habe, dass es ihr,

Kniemann, um die Dioptrienzahl seines ehemaligen Landesvaters gegangen sei, habe er sie in gröbsten Worten beschimpft. Das lasse er nicht zu, habe er gesagt. Immer wieder würden Menschen versuchen, das Andenken des größten bayrischen Staatsmannes des 20. Jahrhunderts zu besudeln. Wutentbrannt habe er aufgelegt. Da habe sie wieder ihren Parteifreund bei der CDU anrufen müssen, der sie nacheinander verbunden habe an drei weitere CSUler. Zwei hätten ihr nicht helfen können, beim Dritten habe sie, Kniemann, sich als Wissenschaftliche Assistentin der Universität Bamberg ausgegeben, die ihre Doktorarbeit über die *Bedeutung des Strauß'schen Gedankenguts für eine umfassende Reform der Politik der Gegenwart* verfasse und aus diesem Grund einige persönliche Fragen an die Straußtochter zu richten habe. Da, sagte Kniemann, habe sie die Nummer bekommen. Sofort habe sie, Kniemann, die Straußtochter angerufen und nach der Dioptrienzahl des Vaters gefragt. Die Straußtochter sei ein wenig amüsiert gewesen von Kniemanns Frage und habe wissen wollen, weshalb sie, Kniemann, dies interessiere. Kniemann habe es ihr erklärt. Daraufhin habe die Straußtochter gesagt, es tue ihr Leid, sie könne die Frage nicht beantworten, ihr Vater habe nie eine Brille getragen, seine Augen seien bis zum Schluss vollkommen in Ordnung gewesen. Da habe sie, Kniemann, gesagt, das sei nicht möglich, man habe ihr, Kniemann, eine Frage gestellt, die Frage habe sich auf die Dioptrienzahl Franz-Josef Strauß' bezogen, die Frage sei von einem Lehrer gestellt worden, also müsse sie beantwortbar sein. Die Straußtochter aber habe beteuert, dass es sich so verhalte, wie sie gesagt habe, und Kniemann habe unverrichteter Dinge auflegen müssen. Und das solle ich, Kranich, mir ein für alle Mal hinter die Ohren schreiben: Nie wieder, sagte Kniemann und wiederholte diese Worte, nie wieder solle ich eine Frage stellen, die *unbeantwortbar* sei. Immer, schloss Kniemann, und sie meißelte mir dieses Wort regelrecht in die Stirn, immer hätte ich meine Fragen daraufhin zu überprüfen, ob man sie beantworten könne. Eine Frage, die man nicht beantworten könne, sei keine Frage, sei eine Missgeburt, ein Hohn an jeden Befragten, eine Unverschämtheit. Sie habe meine Schüler vor mir schützen wollen und keine Sekunde länger warten können, mir dies mitzuteilen. Ich entschuldigte mich bei ihr und fragte, ob ich jetzt gehen könne. Als sie finster blickend nickte, fragte ich sie noch, ob sie mir statt der Strauß'schen Dioptrienzahl etwas über Karl den Kahlen sagen könne. Natürlich, Kranich, sagte sie und ihre Miene hellte sich ein wenig auf, Karl der Kahle, sagte sie, geboren in Frankfurt am Main, 13. Juni 823, gestorben in Avrieux, 6. Oktober 877, Karl bekämpfte im Bündnis mit Ludwig dem Deutschen Kaiser Lothar den Ersten. Ich trat auf den Gang, holte meinen gestern Nacht geschriebenen Zettel aus der Tasche und fragte, Verdun? Verdun, sagte Kniemann und folgte mir, 843, Vertrag, das Westfränkische Reich. Ich stand inzwischen vor dem Klassenzimmer und legte die Hand an die Klinke. Lothringen? fragte ich. Lothringen, sagte Kniemann, 869 besetzt, aber er musste es teilen, der Kahle, mit Ludwig dem Deutschen. Mehr hörte ich nicht.

## 14

Durch diesen Zwischenfall war ich zehn Minuten zu spät gekommen, musste die Stunde aber, laut Direktionsorder, fünf Minuten eher beenden, was ich auch geflissentlich tat. Dann ging ich zu den anderen Lehrern ins Lehrerzimmer und wartete. Der Direktor betrat den Raum. Hinter ihm Bassel. Die Lehrer standen alle aus einem inneren Impuls heraus auf. Setzen, sagte der Direktor. Man setzte sich. Ich blieb mit den anderen Neuen an der Wand am Eingang stehen. Es hätten sich, begann der Direktor, subversive Elemente in dieses Kollegium eingenistet, die er nicht übel Lust hätte, mitsamt Wurzel auszureißen. Wurzeldenken, raunte mir Renner zu, hab ich's nicht gesagt? Er, Höllinger, habe am gestrigen Tag einen Tadelanruf vom Oberschulamt bekommen. Noch nie habe er in seiner fünfundzwanzigjährigen Karriere vom Unterreferendar bis zum Oberstudiendirektor einen Tadelanruf vom Oberschulamt bekommen. Erst jetzt, gestern, zum ersten Mal. Und weshalb?

Er machte eine gewichtige Pause. Es habe eine Beschwerde gegeben. Die Lehrer husteten. Von außerhalb, sagte Höllinger. Stille. Von Frau Direktorin Doktor Wirtz. Tuscheln und Füßescharren. Sie alle kennen Frau Direktorin Doktor Wirtz und wissen, was für ein Mensch sie ist, sagte Höllinger. Sie hat sich darüber beschwert, dass ich in Konferenzen ihre Schule verunglimpfe. Der Direktor trank etwas von dem Wasser, das Bassel ihm eingeschenkt hatte, und räusperte sich. Frau Direktorin Doktor Wirtz, sagte Höllinger, sei zu Ohren gekommen, dass er, Höllinger, sich despektierlich über ihr Gymnasium, das KNOGY, geäußert hätte. Sie habe dem Oberschulamt mitgeteilt, er, Höllinger, hätte in der Schuljahreseröffnungskonferenz dem Göppinger Kollegen Kracht zum Vorwurf gemacht, sein Abitur am KNOGY absolviert zu haben, statt, wie es sich für einen guten Göppinger gehöre, am ERG. Das Rumoren im Lehrerzimmer wurde lauter, man sah sich gegenseitig an, nur Josef Jensen saß ruhig auf seinem Stuhl und strahlte von innen heraus. Sie wissen alle, was das bedeutet, sagte Höllinger. *Wir haben einen Maulwurf im Kollegium*. Nun wuchs die Unruhe unter den Lehrern, und erste Rufe wurden laut, wer das sei, eine Unerhörtheit, der solle sich melden, sofort, Frechheit, Interna ausplaudern, noch dazu über den Direktor, nieder mit dem Maulwurf. Der Direktor hob die Hand, und augenblicklich trat Stille ein. Ein Maulwurf, wiederholte Höllinger, hier, bei uns, im Kollegium. Jemand, der das, was hier, im Kollegium, gesagt wird, nach außen trägt, und nicht nur nach außen, nein, an den äußersten Rand überhaupt, ans KNOGY. Höllinger machte eine Pause. Dann sagte er, er gebe dem Maulwurf von jetzt an genau sieben Minuten Zeit, sich zu melden. Bis zum Klingelzeichen. Falls der Maulwurf sich nach Ablauf dieser Zeit nicht gemeldet habe, müsse er, Höllinger, weitreichende Konsequenzen in die Wege leiten. Stille. Der Direktor setzte sich und streckte siegesgewiss die Füße aus. Sein Blick fiel auf Josef Jensen, der aber dachte nicht daran, auch nur durch ein Zucken zu verraten, dass er – davon war ich felsenfest überzeugt – der Schuldige war. Nein, Jensen streckte ebenfalls seine Füße aus und lehnte sich zurück, sodass Höllinger nach einer Weile Renner fixierte. Der war sich keiner Schuld bewusst und lächelte selig. Höllinger sah mich an, aber nur kurz, ich schien für ihn nicht in Frage zu kommen. Scharinger, Kleible, Linnemann, nach und nach wanderte sein Blick über die Gesichter der Lehrer, niemand meldete sich. Die Zeit verstrich. Höllinger sah immer häufiger auf seine Uhr, zupfte sich am Ohr. Als es klingelte, wurde er blass, beugte sich dann zu Bassel, redete kurz mit ihm, nickte, sah wieder in die Runde. Seine Stimme klang nicht mehr so sicher wie zu Beginn, als er sagte, er habe soeben im kleinen Führungsgremium beschlossen, die Schüler für den Rest des Tages vom Unterricht zu dispensieren. Bevor wieder an einen geregelten Unterricht gedacht werden könne, müsse der Maulwurf enttarnt sein. Bassel war inzwischen aufgesprungen und aus dem Lehrerzimmer verschwunden. Höllinger sagte: Wir bleiben so lange hier, bis sich der Schuldige gemeldet hat. Damit setzte er sich wieder. Immer noch regte sich nichts im Kollegium. Bassel kam zurück mit einem Stoß Blätter unter dem Arm, die er ans Anschlagbrett heftete. Von meinem Standpunkt aus konnte ich sehen, was in dicken Lettern auf den Zetteln stand: Klasse 5a – entfällt ab dritter Stunde, Klasse 5b – entfällt ab dritter Stunde, Klasse 5c – entfällt ab dritter Stunde – und so weiter bis zu den einzelnen Kursen der 12 und 13. Höllinger spielte unruhig mit seinem Bleistift. Bassel setzte sich wieder neben ihn, schnaufte und lockerte seinen Krawattenknoten. Die Zeit verging. Keiner rührte sich. Alle starrten still vor sich hin oder verdachtsvoll auf irgendwelche Kollegen. Nach einer halben Stunde änderte Höllinger seine Taktik. Also gut, sagte er, er wolle dem Täter einen Schritt entgegenkommen. Vielleicht sei es die öffentliche Beichte, vor welcher der Maulwurf zurückschrecke. Er, Höllinger, habe daher soeben im kleinen Führungsgremium – der Direktor blickte kurz zu Bassel, der eifrig nickte – beschlossen, jeden Lehrer einzeln zu verhören. Zu diesem Zweck wolle er sich nun in die Lehrerbibliothek begeben. Wir, die Lehrer, hätten einzeln in alphabetischer Reihenfolge zu ihm zu kommen, und zwar alle. Damit zog er sich in die Lehrerbibliothek zurück und schloss die Tür. Bassel kopierte eine Lehrerliste, brachte ein Exemplar zu Höllinger, stellte sich mit dem anderen an die Tür zur Bibliothek und rief die Lehrer einzeln auf. Ammel, begann er. Ich war es nicht, schrie Frau Ammel, ich war es nicht! Das müssen Sie dem Direktor sagen, meinte Bassel und schob sie durch die Tür. Als ich an die Reihe kam, war ich mir meiner Unschuld sicher und trat in eine vollkommen verdunkelte Bibliothek, der Direktor hatte nicht nur die Rollos hinabgelassen, sondern auch die Vorhänge zugezogen. Ich stand reglos da und fragte, wo sind Sie? Da ging eine Schreibtischlampe an, keine zwei Schritte von mir entfernt. Setzen, sagte

Höllinger. Ich setzte mich. Es hat keinen Sinn zu leugnen, sagte Höllinger, ich weiß alles. Aber was denn? fragte ich gegen das Licht. *Sie* waren es, sagte Höllinger, Jensen hat gestanden. Jensen? fragte ich. Jensen, sagte Höllinger, hat ein ausführliches Geständnis abgelegt, er hat alles erzählt über das Treffen im Ratskeller, über die KG, na kommen Sie schon, gestehen Sie. Nein, sagte ich, ich bin unschuldig, es ist vielmehr dieser Jensen, der, der … Ja? horchte Höllinger auf … der Ihnen da etwas Falsches erzählt hat, sagte ich und hatte das Gefühl, einer Falle entronnen zu sein. Höllinger bohrte noch eine Weile nach, ehe er merkte, dass aus mir nichts herauszubekommen war. Bevor er mich entließ, zog er noch einen Zettel aus der Tasche und sagte, also gut, Kranich, schießen Sie los: Bernd Bade, 9a? Ich sagte, drei. Er fragte, Tina Willems, 10d? Ich sagte, zwei. Er fragte, Alexander Schneider, 8a? Ich sagte, vier. Er fragte, Höllinger Horst, 10d? Ich schrie, eins!

## 15

Draußen, ich hatte gerade tief durchgeschnauft, traf mich ein Blick von Frau Klüting. Das Verhör beim Direktor hatte mein schlechtes Gewissen angeregt, sodass ich mich entschloss, reinen Tisch zu machen. Ich trat zu Frau Klüting und sagte: Frau Klüting, ich wollte mich entschuldigen für mein gestriges Fehlen bei der Fachkonferenz. Ach ja? fragte Klüting. Ich habe es, sagte ich … vergessen. Frau Klüting antwortete in mildem Tonfall, das mache doch nichts, das sei nicht der Rede wert, im Gegenteil, sie, das heiße eigentlich ihr Mann, habe sich bei mir für mein Fehlen zu bedanken. Ich stutzte. Wofür? fragte ich. Für das Fahrrad, sagte Frau Klüting. Ich verstand kein Wort von dem, was sie sagte, war aber erleichtert, dass dieser Kelch offenbar an mir vorübergegangen war. Ich wollte mich schon verdrücken, aus Angst, sie könnte es sich noch anders überlegen, doch Frau Klüting hielt mich zurück und sagte, aber, aber, Kranich, wollen Sie gar nicht wissen, für welches

Lehrwerk wir uns entschieden haben? Ich hoffe doch *G2000*, sagte ich. Alle anwesenden Fachlehrer, sagte Klüting, hätten bei der geheimen Abstimmung selbstverständlich für *G2000* von Cornelsen gestimmt, die Gründe würden ja für alle erkennbar auf der Hand liegen. Aber gerade in dem Augenblick, in dem sie das Abstimmungsergebnis ins Protokoll habe eintragen wollen, sei plötzlich die Tür aufgestoßen worden. Hier machte sie eine Pause. Jemand sei ins Fachkonferenzbesprechungszimmer gestürmt. Wer? fragte ich. Frösche, sagte sie, fünf Stück. Frösche? fragte ich. Klett-Vertreter, sagte Klüting, in Grün. Sie seien in die Fachkonferenz geplatzt, und ihr Wortführer habe die Fachlehrer beschworen, doch bei Klett zu bleiben. In keinem anderen Schulbuchverlag, habe der Wortführer der Frösche gesagt, werde so viel Wert auf *Anschauung* gelegt wie in den Klett-Büchern. Und ihnen, den Fachlehrern, bräuchte er nicht darzulegen, wie elementar die Anschauung für den Unterricht sei. Kinder, habe der Wortführer doziert, würden nur dann etwas lernen, wenn sie die Dinge greifbar und anschaulich vor sich sähen. Eine Vokabeleinführung könne nur dann gelingen, wenn man das neue, unbekannte Wort durch einen zum Wort passenden Gegenstand oder durch eine zur Tätigkeit passende Handlung semantisiere. Verbalisierung? habe der Klett-Mann gesagt, bringe nichts. Antonyme? Nutzlos. Anschauung heiße das Zauberwort. Er, der Wortführer, sei einmal, Jahre zuvor, Zeuge einer denkwürdigen Unterrichtsstunde geworden, die seine Meinung aufs Trefflichste bestätigt habe. Damals, habe der Wortführer zu erzählen begonnen, damals sei er noch kein Frosch, sondern vielmehr bei den Weißen beschäftigt gewesen und habe an einem kalten Januartag eine Prüfungslehrprobe im Fach Englisch abhalten müssen. Der an diesem Tag auf dem Prüfstand stehende Referendar habe merkwürdigerweise nicht die gewöhnlichen Nervositätszustände seiner Kollegen gezeigt, er sei nicht etwa kreidebleich im Lehrerzimmer auf- und abgetigert und beinah zusammengebrochen, als die beiden Prüfer, also er, der damalige Prüfungsvorsitzende, sowie der Fachleiter des Referendars, erschienen seien. Der Referendar sei ganz ruhig dagesessen, siegesgewiss, er habe Kaffee getrunken und sich nicht am Erscheinen seiner Prüfer gestört. Er sei kurz vorm Läuten aufgestanden, habe seine Tasche genommen und sei ruhig in die Klasse gegangen, gefolgt von den Prüfern. Es sei eine siebte Klasse gewesen, Thema der Stunde: Gewalt, Wortfelderarbeitung. Die Stunde habe recht schleppend begonnen. Der Referendar habe auf die missliche Lage der Referendare im Allgemeinen hingewiesen, auf die enorme Konkurrenzsituation, die untereinander herrsche, habe dann plötzlich gesagt, dass seine Chancen auf eine Einstellung im Schuldienst erheblich stiegen, wenn er seine Konkurrenten aus dem Weg räumen würde. Dann habe er eine Pistole aus der Tasche gezogen. Schlagartig sei die Aufmerksamkeit der Schüler gestiegen. Der Referendar sei zum Wandschrank gegangen, habe diesen geöffnet, habe einen gefesselten und geknebelten Referendariatskollegen herausgezerrt, laut und deutlich das Wort *to kill* gesagt und den Kollegen erschossen. Der Kollege sei blutüberströmt neben dem Lehrerpult zusammengeklappt. Um den entsetzten Schreien der Siebtklässler entgegenzuwirken, habe der Referendar nochmals in die Luft geschossen. Dann habe Ruhe geherrscht. Nur einige der Mädchen hätten noch leise geschluchzt. Der Referendar habe dann in der Umwälzungsphase das Wort *to kill* von den Schülern mehrmals nachsprechen lassen, nicht ohne die mit tränenerstickter Stimme sprechenden Schüler darauf hinzuweisen, lauter zu sprechen. Vorschriftsmäßig habe der Referendar in einem weiteren Unterrichtsschritt das Wort *to kill* an die Tafel geschrieben, da, wie sie, die Fachlehrer, selbstverständlich wüssten, in der Fremdsprachenvermittlung das Aussprechen eines Wortes dem Schreiben und Lesen stets vorauszugehen habe. Ausgehend vom Wort *to kill* habe der Referendar den Kindern dann weitere wichtige Vokabeln anschaulich mit einfachstem Zeigen auf das jeweilige vor ihren Augen sich befindende Äquivalent vermitteln können. *Blood*, *bullet*, *body*, aber auch Patronenhülse, Rauch und Schmauchspuren. Er sei daraufhin in einem immer weiter ausufernden *mind map* auch auf den Zustand der Schüler zu sprechen gekommen, er habe Worte wie Angst, Schreie, Trauma, Tränen und Entsetzen von den Kindern nachsprechen lassen und anschließend an die Tafel geschrieben. Die Kinder hätten zitternd den Tafelanschrieb in ihre tränendurchtränkten Hefte eingetragen. Er, der Wortführer der Frösche, habe mit dem Fachleiter atemlos das Szenario verfolgt und in der Aufregung vollkommen vergessen, die Fehler des Prüflings ordnungsgemäß in die vorbereiteten Beurteilungsprotokollbögen zu notieren. Am Schluss der Stunde habe der Referendar das Wort *suicide* umwälzen und anschreiben lassen, ehe er sich die Pistole in den Mund gesteckt und abgedrückt habe. Die Kinder seien einen Augenblick still dagesessen. Dann seien sie schreiend aufgesprungen. Bevor sie aber aus dem Klassenzimmer hätten stürzen können, seien der Referendar und sein Kollege aufgestanden und hätten sich das Theaterblut aus dem Gesicht gewischt. Starr und gebannt hätten sich die Kinder wieder hingesetzt, sodass die Stunde abschließend noch eine wunderbare Wendung bekommen habe, hin zur Semantisierung des Wortes *fake*. Niemals, habe der Anführer der Frösche gesagt, niemals, dessen sei er sich absolut sicher, niemals würden die damals anwesend gewesenen Schülerinnen und Schüler diesen didaktisch hervorragenden Anschauungsunterricht vergessen können. Auf immer, habe er gesagt, seien die Vokabeln *kill*, *smoke* und *fear* in die Köpfe der Kinder eingebrannt. Und an diesem Beispiel könne man glänzend sichtbar machen, wie unverzichtbar die Anschauung bei der Vokabelsemantisierung sei. Es reiche eben nicht aus, eine einfache Kreidezeichnung an die Tafel zu kritzeln, um den Kindern die Bedeutung des Wortes *car* zu verdeutlichen. Es reiche auch nicht aus, ein Matchboxauto mitzubringen. *Car* bedeute eben weder Kreidezeichnung noch Matchboxauto, *car* sei einzig und allein ein wirkliches, wahrhaftiges, auf einer asphaltierten Straße fahrendes Auto. Aus diesem Grund hätte man eigentlich zur Semantisierung ein wirkliches, echtes, originalgetreues Auto ins Klassenzimmer mitzunehmen, was natürlich in Anbetracht der Enge des Raumes nicht zu bewerkstelligen sei. Aber, habe der Wortführer gesagt, man könne die Kinder dazu bringen, auf den Schulhof hinabzuschauen. Man könne das Auto vor der Stunde so auf dem Schulhof parken, dass es den Schülern bei einem Blick aus dem Fenster gleich ins Auge springe. Und da der Klett-Verlag bekannt sei für die großzügige Bereitstellung jeglichen Anschauungsmaterials, wolle er nun die Fachlehrer bitten, aus dem Fenster zu sehen, wo sie, die Frösche, einige der in den ersten *units* von *Greenline* vorkommenden Gegenstände naturgetreu und in Originalgröße aufgestellt hätten. Die Fachlehrer, so Klüting, seien ans Fenster getreten und hätten dort ein *car*, mehrere *bikes* und *televisions*, *radios* und sonstige Semantisierungsobjekte erkennen können. Diese Dinge, habe der Oberfrosch gesagt, gehörten ab sofort ihnen, den Fachlehrern, auf dass der Unterricht in der Unterstufe von größtmöglicher Anschauung geprägt fortan noch besser gelingen möge. Daraufhin hätten die Fachlehrer lautstark applaudiert und begonnen, die Gegenstände untereinander aufzuteilen, während sie, Klüting, den Vertrag mit den Klett-Vertretern unterschrieben habe, der besage, dass man für die nächsten zehn Jahre keine anderen Schulbücher verwenden dürfe als eben die grünen. Zufrieden hätten die Frösche das Feld geräumt und die Fachlehrer eine Flasche Sekt geköpft. Frau Klüting schloss ihre Ausführungen mit dem Hinweis darauf, dass ich mich durch meine gestrige Abwesenheit bereits selber bestraft hätte, da das eigentlich für mich vorgesehene Fahrrad nun an ihren Mann verschenkt worden sei, Englischlehrer in der Kletthochburg KNOGY. Das macht nichts, atmete ich erleichtert auf, solange es keine anderen Schwierigkeiten gibt. Klüting schüttelte den Kopf, und in diesem Moment hörte ich, wie jemand von außen offensichtlich mit dem Fuß gegen die Lehrerzimmertür trat. Ich ging hin, öffnete und erkannte eine etwa 15-jährige Schülerin, die ihre beiden hohlen Hände zu einer Schale geformt hatte, in welcher sich irgendetwas befand, ich konnte nicht sehen, was. Sie fragte mich, ob ich *das hier* Frau Hoffner geben könne. Ich nickte, hielt meine Hände auf, und die Schülerin kippte mir einen Haufen harter, trockener, bereits zerkauter, offensichtlich von Schülerbänken abgekratzter Kaugummibollen in die Hände, ehe sie sich umdrehte und verschwand. Ich legte die Kaugummis zu Frau Hoffner auf den Tisch mit den Worten, *das hier* sei für sie abgegeben worden. Hervorragend, sagte Frau Hoffner, und begann die Kaugummiböbbel zu zählen, 12, 14, 16, 18, 20, sehr gut, beim ersten Mal fünf, beim zweiten Mal zehn, beim dritten Mal zwanzig. Dann sah sie zu mir auf und sagte, sie kenne da nichts, es gebe nur die eine Regel: Wer kaut, kratzt ab.

## 16

Als das Verhör endlich beendet war, trat der Direktor aus der Bibliothek. Die Erschöpfung stand ihm ins Gesicht geschrieben. Er hatte sich eine Blume ins Rockloch gesteckt und setzte sich gesenkten Hauptes. Seine Stimme klang heiser. Er wolle den Maulwurf *bitten*, sagte er nun, und alle wurden still, er wolle den Maulwurf bitten, sich zu erkennen zu geben. Er, Höllinger, habe alles versucht. Es sei ein Uhr, wir alle hätten Hunger. Er verspreche, dass dem Maulwurf nichts geschehen werde. Er sichere dem Maulwurf hier und jetzt, in der GLK, vor über siebzig Zeugen, absolute Straffreiheit zu. Nichts regte sich im Kollegium. Der Direktor rang nach Atem. Mit einem Schlucken im Hals fuhr er fort. Wie er denn jetzt dastünde? Vorm Oberschulamt? Ein Direktor, der nicht in der Lage sei, einen in seinem Lehrkörper sich tummelnden Maulwurf zu enttarnen? Ein unfähiger, ein gescheiterter Direktor. Er, Höllinger, habe strikte Order, bis um sechzehn Uhr des heutigen Tages den Namen des Maulwurfs ans Oberschulamt weiterzuleiten. Andernfalls – hier schwieg er und strich sich mit einem Taschentuch Schweiß aus dem Nacken – andernfalls: Untersuchungskommission. Die Lehrer zuckten zusammen. Wir alle wüssten, was das bedeute, fuhr der Direktor fort. Die Weißen würden kommen. Vormittags Durchleuchtung des gesamten Unterrichts- und Direktionsgeschehens, nachmittags Einzelverhöre. Auch ihn, den Direktor, werde man verhören. Also noch einmal seine Bitte. Immer noch regte sich niemand. Dann, sagte der Direktor, bleibe ihm nichts anderes übrig: Das Los müsse entscheiden. Die Lehrer schwiegen einen Augenblick, murmelten sich dann gegenseitig Mut zu und strichen ihre Hände auf den Hosenbeinen trocken. Bassel reichte die Lehrerliste einem der Oberreferendare, der sie am Laminiergerät neben dem Kopierer sorgfältig in Folie schweißte, dann zerschnitt Bassel die derart verstärkte Lehrerliste zu kleinen Streifen, warf die Streifen einzeln in Gräulichs Hut, den dieser, sooft es ging, trug, um sein Toupet zu verbergen, da er nicht wusste, dass alle schon wussten, dass es eins war. Dann schloss Höllinger die Augen, zog einen Streifen heraus, blickte in die Runde, sagte, der Maulwurf ist … Frau Ammel, wir hörten einen Schrei und sahen die aufgesprungene Frau Ammel totenstarr in Hilde Bräunles Arme fallen. Daraufhin verließ der Direktor das Lehrerzimmer.

Nachdem ich mit einigen Kollegen im *Frühlingstau* zu Mittag gegessen hatte, saß ich gedankenverloren im Zug nach Stuttgart und wünschte mir nichts sehnlicher, als mich in aller Ruhe aufs Bett legen und schlafen zu können. Ich saß in einem Großraumwagen und achtete nicht auf die Menschen, die im Gang an mir vorbeigingen. Als der Zug in Plochingen hielt, warf mir plötzlich einer der Aussteigenden einen Zettel auf den Schoß, auf dem deutlich lesbar stand: *Treffen, Bahnhof Stuttgart, 21.00 Uhr*. Ich drehte mich um und sah gerade noch, dass eine ganz in Rot gekleidete Person den Großraumwagen verließ und ausstieg. Der Zug setzte sich wieder in Bewegung. Der Rote stand mit dem Rücken mir zugekehrt auf dem Bahnsteig und regte sich nicht. Ratlos blickte ich auf den Zettel und wusste nicht, was ich davon zu halten hatte.

In Stuttgart legte ich mich gleich ins Bett. Da an diesem Tag vier Stunden ausgefallen waren, hatte ich den nächsten Tag bereits so gut wie vorbereitet. Als ich erwachte, ich hatte mir keinen Wecker gestellt, war es dunkel. Ich nahm eine Dusche, rauchte drei Zigaretten und verließ um Viertel vor neun das Haus. In der Bahnhofsunterwelt lehnte ich mich gut sichtbar an einen der hinter einer Glaswand aufgestellten Stehtische des *Café Marché*. Ich rauchte, rieb meinen Fuß am Bein des Stehtisches, fingerte Krümel vom beigen Holztisch und studierte ausführlich jeden Buchstaben der Neonschrift *Stuttgarter Hofbräu*. Als ich mich nach etwa zehn Minuten umdrehte, stand der Mann im roten Mantel hinter mir, er trug einen Hut und eine Sonnenbrille. Rühren Sie sich nicht, sagte er, schauen Sie an mir vorbei, unterm Tisch steht ein schwarzer Aktenkoffer, wenn ich gleich fort bin, warten Sie noch zehn Minuten, nehmen den Koffer und gehen nach Hause, die Geheimzahl zum Schloss finden Sie im Medienkeller Ihrer Schule, auf der Rückseite des Videofilms *The Grapes of Wrath*. Dann verschwand er. Ich wartete zehn Minuten, sah währenddessen unruhig vor mich hin und versuchte, mit dem Fuß den Koffer zu ertasten, was mir auch gelang, sodass ich mich nach Ablauf der vorgeschriebenen Zeit elegant und unauffällig bücken konnte, den Koffer nahm und mich, ohne mich umzudrehen, entfernen wollte. He, rief mir jemand nach, und ich erstarrte. Wollen Sie Ihren Kaffee nicht zahlen?

## 17

In der Nacht konnte ich nicht schlafen. Ich hatte den Koffer lange untersucht und mich vergeblich bemüht, ihn mit einer Nagelfeile und einem Schraubenzieher zu öffnen. Um dreiundzwanzig Uhr fünfundvierzig lief im Fernsehen der Film *The Apartment* mit Jack Lemmon. Als der kleine Büroangestellte CC Baxter alias Jack Lemmon kurz vor Schluss seinem Chef JD Sheldrake, gespielt von Fred MacMurray, den Schlüssel zu seinem, Baxters, über Jahre hinweg als Absteige missbrauchten Apartment mit den Worten *schon gar nicht mit Miss Kubelik* verweigerte und Sheldrake stattdessen in einem Akt der grenzenlosen Verachtung den Schlüssel des Waschraums der Abteilungsleiter auf den Schreibtisch warf, was die prompte Kündigung und den Abstieg ins Nichts zur Folge hatte, stieg ein dicker Kloß meinen Hals hoch, und als dann in der Schlussszene die wunderbare Miss Kubelik, gespielt von Shirley MacLaine, um Mitternacht, während des Singens von *Auld Lang*

*Syne*, ihren Geliebten Sheldrake verließ und durch die kalte Silvesternacht ins Apartment zu Baxter lief, als Miss Kubelik im Treppenhaus einen Knall aus Baxters Wohnung hörte und dachte, Baxter hätte sich erschossen, als sie wie wild an der Tür trommelte und Baxter völlig verwundert mit einer soeben geöffneten Sektflasche die Tür aufmachte, als Miss Kubelik Baxters Apartment betrat, ihren Mantel auszog und sich neben Baxter aufs Sofa setzte, als sie das Kartenspiel nahm und mischte, als Baxter die wunderbaren Worte sprach *Ich liebe Sie, Miss Kubelik*, als Miss Kubelik ihn daraufhin nicht etwa ansah oder seine Liebeserklärung erwiderte, sondern stattdessen den in die Filmgeschichte eingegangenen Schlusssatz sagte *Halt den Mund und gib*, da konnte ich meine Tränen nicht mehr zurückhalten. Ich malte mir aus, wie ich Höllinger meinen Schlüssel auf den Schreibtisch werfen würde, wusste aber, dass ich es niemals fertig brächte, auf alles zu verzichten und einfach so zu gehen, ohne zu wissen, wohin.

Am nächsten Morgen nahm ich eigens einen frühen Zug, um dem Mann in der Unterführung zuzuhören. Er spielte immer dasselbe Lied, und ich blickte ihn unverhohlen an. Sah so meine Zukunft aus? dachte ich. Entweder in der Unterführung enden oder aber unter Führung Höllingers und der Weißen weitermachen? Ich riss mich vom Mann am Akkordeon los. Nein, dachte ich, ich werde weitermachen, ich werde alles geben. Heute noch, dachte ich, heute noch werde ich Höllinger zwei Schlüssel erbeuten, dann wird er mich von der Liste streichen, und alles wird gut. Wild entschlossen stapfte ich zum Schulgebäude. Zeitgleich trat Herr Krämer aus der Tiefgarage, ich sagte, sechs Wochen, ein Tag, er griff sich an den Hut, nickte und fragte mich, ob ich schon wisse, dass Gräulich ein Toupet trage.

Da ich früh dran war, ging ich sofort in den Medienkeller, den man auch mit dem Schlüssel c6 öffnen konnte. Ich machte Licht, suchte den Videoschrank, er war offen, ich fuhr mit dem Finger die Reihen der Videobänder entlang, konnte aber den gesuchten Film nicht finden. Plötzlich vernahm ich hinter mir ein Geräusch und schnellte herum. Ich hielt den Atem an. Ich schlich an den Schränken mit den altrömischen Statuenimitationen vorbei, umkurvte den Parcours der Projektoren und Kartenständer, es war niemand zu sehen. Da hörte ich noch einmal ein leichtes Schuffeln. Das kam von unten. Ich bückte mich. Unter dem weißen Tisch an der Wand, da war etwas. Ich hörte ein Husten. Ich sah genauer hin. Ein blauer Knäuel aus Stoff, ein Schlafsack, aus dem, langsam, vorsichtig, tastend, noch ganz verschlafen, mich überhaupt nicht wahrnehmend, das Gesicht von Heiner Stramm erschien, dem Medienwart. Mein Gott, rief ich, was machen Sie denn da? Stramm kroch aus seinem Versteck. Er habe hier übernachtet, sagte er, Stramm, Bio, Chemie, Medienwart. Ich: Kranich, Englisch, Deutsch. Da er auf dem Boden hocken blieb, kniete ich mich zu ihm. Warum er hier übernachtet habe? fragte ich ihn. Er … er … und dann brach es plötzlich aus ihm heraus … er wisse nicht mehr weiter, sagte er und legte seinen Kopf in beide Hände, er könne nicht mehr, er halte das nicht mehr aus, das sei unmenschlich, das sei eine Tortur, er habe keine Erklärung dafür, er könne sich nicht vorstellen, wie es dazu gekommen sei, er wisse nicht, wie es weitergehen solle. Ruhig, ruhig, sagte ich und setzte mich auf den Boden. Es gibt für alles eine Lösung, Sie können sich vertrauensvoll an mich wenden. Aus den Augenwinkeln hatte ich wahrgenommen, dass seine Hose über einer Stuhllehne hing, und – ohne dass er irgendwo befestigt war – ganz allein, blank und bloß, mitten auf dem blauen Stuhlüberzug, lag Stramms Schlüssel, in

Reichweite, ich brauchte nur meine Hand auszustrecken. Seine Frau habe ihn verlassen, sagte Stramm. Besser gesagt, sie habe ihn rausgeschmissen. Seit drei Tagen übernachte er hier. Immer wieder habe er sie bekniet und gebeten, ihn doch ins Haus zu lassen, aber sie sei unnachgiebig geblieben, er habe nichts machen können. Ob sie sich gestritten hätten? fragte ich. Nein, sagte Stramm, das sei es ja, es gebe keinen Grund für ihr Handeln, er habe sich ihr gegenüber immer korrekt verhalten, jeden Wunsch habe er ihr erfüllt, alles habe er für sie getan, er könne sich keine Vorwürfe machen. Herr Stramm, sagte ich und rückte ein wenig näher, Sie können ganz offen sein, meistens ist das ja eine, na ja, wie soll ich sagen, eine sexuelle Geschichte, Sie verstehen, was ich meine? Ja, ja, sagte Stramm, aber auch da sei alles im Lot gewesen, er habe kaum eine Nacht verstreichen lassen, ohne sich diesbezüglich um seine Frau zu kümmern. Im Gegenteil, wenn er bedenke, wie viel Aufwand und Vorbereitung er gerade in die Nächte gesteckt habe. Nichts habe er in dieser Hinsicht dem Zufall überlassen, gewissenhaft sei er zu ihr ins Schlafzimmer gegangen, in jeden der von ihnen vollzogenen Akte habe er drei, wenn nicht gar vier Methodenwechsel eingebaut. Er habe meist als Einstieg ein Lied verwendet und sich zu seiner Frau gesetzt, dann aber, ehe es hätte langweilig werden können, den Rekorder ausgestellt, um im fragend-entwickelnden Gespräch ihrer Lust auf den Grund zu gehen. Er habe anschließend oft einen klassischen Übungsteil eingebaut, noch ehe aber die Übungsphase sich zu lang hätte hinziehen können, habe er seiner Frau aus einem entsprechenden Buch verschiedene Passagen vorgelesen, um die schon im Entstehen begriffene Stimmung zu verstärken. Nie habe er in jenen Stunden auch die Stillarbeitsphase vergessen, während der er seine mit sich selbst beschäftigte Frau beobachtet habe. Jeden ihrer Stöhnlaute, jedes ihrer Koseworte habe er ergebnissichernd an der statt des Spiegels überm Bett hängenden Tafel festgehalten, und später, als seine Frau mit den Tafelanschrieben immer größere Schwierigkeiten bekommen habe, sei er sogar dazu übergegangen, Folien an die Wand des Schlafzimmers zu projizieren, Folien mit für den Sexualakt geeigneten Stellungen, und außerdem habe er peinlichst genau darauf geachtet, die Konzentration seiner Frau nie länger als 45 Minuten in Anspruch zu nehmen. In diesem Augenblick klingelte es, und ich stand vom Boden auf, gab Stramm die Hand, zog ihn hoch, sagte, kommen Sie, ziehen Sie sich an, wir sind spät dran, sagen Sie, haben Sie das Video *The Grapes of Wrath* irgendwo gesehen? Ja, sagte Stramm, Herr Safft hat es ausgeliehen, gestern, er hat gesagt, er braucht es irgendwann nächste Woche für seinen Grundkurs. Als ich die Tür zum Medienkeller schloss, hörte ich Stramms Stimme: Mein Schlüssel, wo ist mein Schlüssel? Aber ich stieg schon, ohne ihn zu beachten, die Treppen hoch.

## 18

Ich ging schnurstracks zu Safft und fragte ihn nach dem Film. Der sei bei ihm zu Hause, sagte er. Warum? rief ich. Er wolle ihn kopieren, sagte Safft. Ich bräuchte den Film, sagte ich, *sofort*. Langsam, langsam, sagte Safft, so wichtig könne es ja nicht sein. Wann er eine Freistunde habe? fragte ich Safft. Gar nicht, sagte er, volles Deputat plus vier Überstunden. Ob er verheiratet sei? fragte ich ihn. Safft nickte. Er solle mir seine Nummer geben, sagte ich. Die stehe im Adressverzeichnis der Lehrer, sagte Safft, drehte sich um und verließ das Lehrerzimmer, da es bereits zum zweiten Mal klingelte.

Ich brachte die erste Schulstunde hinter mich. Beim Verlassen des Klassenzimmers traf ich auf Kniemann, die sich mit ihrer Rechten an meine Schulter klammerte und mir ins Ohr raunte, sie brauche Stoff, neuen Stoff, ob ich was für sie hätte, ich riss mich los, warf ihr die Worte Troja, Hannibal, Hastings hin und ließ sie, sich selbst belehrend, im

Treppenhaus stehen. Als ich an der Fensterwand im Erdgeschoss vorbeiging, konnte ich sehen, wie eine grüne Mercedes-Limousine auf dem für Autos verbotenen Schulhof parkte, Frau Klüting aus dem Mercedes stieg und ein riesiges Pappschild mit den Buchstaben c, a und r auf das Dach des Autos klebte. Da lief Hilde Bräunle auf mich zu und fragte mich, ob ich mich mit Computern auskennen würde, der Drucker drucke nicht. Nein, sagte ich und ging ins Lehrerzimmer, wo ich mit ansehen musste, wie einige Schüler drei Statuen von nackten Gottheiten, meterhoch und augenscheinlich schwer, Achim Renner hinterhertrugen, der die Schüler mit dirigierenden Worten an seinen Tisch führte. Endlich kam ich zum Adressverzeichnis der Lehrer, schlug es auf und fand Saffts Telefonnummer, die ich mir, um sie nicht zu verlieren, auf den Handrücken notierte, ehe Pascal zu mir trat und sagte, er könne es nicht glauben, es sei einfach unfassbar. Was denn? fragte ich. Er habe heute Morgen einen Anruf vom Domkapitular erhalten, er, Pascal, sei für die Goldene Missio nominiert, die jedes Jahr an den besten kirchlich angestellten Religionslehrer verliehen werde. Glückwunsch, sagte ich in das Klingeln hinein und verließ das Lehrerzimmer. Nachdem ich meine Stunde zu Ende gebracht und ordnungsgemäß nach dem letzten aus der Klasse entfernten Schüler abgeschlossen und gesehen hatte, wie Frau Klüting ihren neuen Mercedes zurück auf den Parkplatz fuhr, ging ich ins Lehrerzimmer und wählte Saffts Nummer. Der Anrufbeantworter sprang an. Ich versuchte Frau Safft in kurzen Worten zu erklären, worum es sich handelte, bat sie, mir die Nummer des Films aufs Band zu sprechen, und gab ihr dazu meine eigene Nummer. Dann legte ich auf und wollte mich gerade aufs Sofa setzen, als plötzlich, während noch alle Lehrer in friedlicher, nichts ahnender Große-Pause-Hektik um ihre Tische schwirrten, die beiden Türen zum Lehrerzimmer gleichzeitig aufsprangen und sich drei, fünf, sieben, zehn, fünfzehn weiß gekleidete Männer hineinschoben. Absolute Stille war die Folge. Eine Stille, in die hinein ein schreckliches Wort fiel. Untersuchungskommission, sagte einer der Männer. Gestern sei ein anonymer Anruf eingegangen, fuhr er fort, um sechzehn Uhr fünfundzwanzig, im Oberschulamt Stuttgart, der Einsatz von anonymen Anrufen sei jedoch laut Paragraf siebenundzwanzig neun der Verwaltungsvorschrift *C III über das Verwenden von Telefonapparaten zu dienstlichen Zwecken* strikt verboten. Dem anonymen Anruf habe man aber unzweifelhaft entnehmen können, dass im Kollegium des Göppinger ERG ein Maulwurf sein Unwesen treibe, ein *nicht identifizierter* Maulwurf, ein selbstredend ungenehmigter und daher verbotener Sachverhalt. Des Weiteren sei man von einem unerlaubten Losverfahren in Kenntnis gesetzt worden, das während einer dienstlichen Besprechung stattgefunden habe, welche Tatsache einen Verstoß gegen die Verwaltungsvorschrift *A IV über den Einsatz von Entscheidungsmaßnahmen innerhalb eines abtrünnigen Lehrerkollegiums* darstelle. Infolge dieser betrüblichen Vorfälle stehe nun eine gründliche Untersuchung an, die, angeordnet von ganz oben, unverzüglich durchzuführen sei. *Niemand verlässt den Raum*, sagte der Wortführer. Punkt eins, fuhr er nach einer Weile fort, die Identifizierung des Maulwurfs. Dabei hielt er einen Brief in seinen weiß behandschuhten Händen. Dieser Brief, sagte der Wortführer, sei abgeschickt worden, anonym, an Frau Direktorin Doktor Margarete Wirtz, Leiterin des renommierten KNOGY. In diesem Schriftstück seien unklassifizierte Informationen über interne Angelegenheiten des ERG enthalten. Folglich könne es sich bei dem Schreiber dieses Briefobjektes nur um ein Mitglied des ERG-Kollegiums handeln. Man sei aber ohne weiteres in der Lage, den Täter zu ermitteln, da sich auf dem Umschlag und dem beschriebenen Papier des Beweisstückes nicht nur die Fingerabdrücke von Frau Direktorin Doktor Margarete Wirtz, sondern auch die einer zweiten Person gefunden hätten. Diese zweite Person sei nun zu identifizieren. Einige der Weißen begannen, die Fingerabdrücke der Lehrer abzunehmen, während andere Weiße in der Lehrerbibliothek eine Art Laboratorium aufbauten und die ihnen gebrachten Abdrücke in Apparate spannten und mit den Abdrücken des Maulwurfs auf dem Briefumschlag verglichen. Nach einiger Zeit öffnete sich die Tür ein weiteres Mal, und zwei Weiße führten Höllinger und Bassel ins Lehrerzimmer. Der Wortführer wandte sich nun direkt an Höllinger. Punkt zwei, sagte er, sei der vom geltenden System nicht zu duldende Autoritätsverlust des an der Spitze stehenden Direktors durch eine ans Kollegium gerichtete *Bitte*, mit welcher Höllinger seinen ihm zustehenden Platz vorschriftenverachtenderweise verlassen und sich für einen kurzen Augenblick auf das Niveau der ihm unterstellten Lehrer begeben habe. Erschwerend hinzu käme ein ungenehmigtes, irreguläres und in keiner Dienstvorschrift weder erwähntes noch vorgesehenes Losverfahren, ein Tatbestand, der indirekt auch einer Irreführung des gesamten Oberschulamtsapparates gleichkomme sowie einer Inkaufnahme von möglichen Fehlentscheidungen seitens der internen obersten Entscheidungsträger. Höllinger sah den Weißen geschlagen an. Das Urteil, fuhr der Weiße fort, sei ein Abzug von drei Leistungsstufen. Seinen Posten als Direktor am ERG werde Höllinger aber weiterhin bekleiden können, da es sich bei dem vorliegenden Verschulden um eine Ersttat handle und man aus der Personalakte eine bis dato tadellose Führung des Direktors entnehmen könne. Nein, rief plötzlich Kniemann, nein, rief sie laut und eifrig, das könne sie nicht dulden, das sei unerhört, das sei ein Abgesang auf die humanistische Bildung, man könne nicht einfach *bis daaato* sagen, mit langem a, das sei nicht korrekt, das lasse sie nicht durchgehen, *dare* sei das einzige Verb der a-Konjugation, das ein kurzes a im Stamm habe, demnach dürfe man nicht etwa *dahto* – also quasi mit gedachtem eingeschobenem h – sagen, sondern es heiße vielmehr *datto*, gleichsam mit Doppel-T, *dare, do, dedi, dattum*, sagte Kniemann, da müsse man schon drauf achten. Höllinger zuckte zusammen und fauchte Kniemann lautlos, aber gestenreich an, wandte sich dann wieder an den Weißen, der durch den unerwarteten Einwurf etwas verwirrt zu sein schien, und Höllinger flüsterte mehrmals, ich danke Ihnen, ehe er sich bemühte, wieder Haltung anzunehmen. Dann öffnete sich die Bibliothekstür, ein Weißer trat aus der Bibliothek und brachte seinem Chef einen Zettel. Der Maulwurf, sagte der Wortführer, nachdem er den Zettel überflogen hatte, sei soeben ermittelt worden. Er blickte undurchsichtig ins Kollegium. Sein Name sei Jensen, Vorname Josef. Die Fingerabdrücke seien identisch, es bestehe nicht der geringste Zweifel. Ein Bleiben am ERG sei ausgeschlossen, Urteil: Zurückstufung auf Assessorengehalt, Versetzung nach Schwäbisch-Sibirien. Jensen griff mechanisch in seine Hosentasche, knüpfte den Schulschlüssel vom Schlüsselbund und legte ihn auf den Tisch. Zwei Weiße sammelten Jensens sämtliche Schulunterlagen ein, während zwei weitere Josef rechts und links am Arm fassten und ihn aus dem Lehrerzimmer führten. Das war das Letzte, was ich von Josef Jensen sah.

## 19

Der Auftrag sei noch nicht erledigt, fuhr der Weiße fort. Da man nun schon einmal hier sei, wolle man die Situation beim Schopf packen und auch einige der übrigen Lehrer des scheinbar aufmüpfigen Kollegiums bei der Ausübung ihrer Pflichten zur Kontrolle bitten. Dreizehn Lehrer, sagte der Weiße, seien nach dem Zufallsprinzip zur überprüfenden Stundenüberwachung ausgewählt worden. Er begann nun eine Liste von Namen vorzulesen. Alphabetisch. Jeder, dessen Name nicht genannt wurde, atmete auf und ließ sich auf seinen Stuhl fallen. Ammel, Bruns, Kramny, Kranich … Mehr hörte ich nicht. Von diesem Augenblick an erlebte ich alles nur noch in Trance, sah einen der Weißen, der durch eine unheimlich schimmernde Schicht Nebel wie in Zeitlupe auf mich zuzuschweben schien, ich konnte ihm nicht in die Augen sehen, da er eine verspiegelte Brille trug. Der Weiße nahm mich am Arm, fasste meine Schultasche und führte mich aus dem Lehrerzimmer, er fragte nichts, er schien über alles Bescheid zu wissen, er führte mich wie einen Blinden durchs Schulgebäude genau in den Raum, in dem die 10d auf mich wartete. Mir schwindelte, ich konnte mich kaum aufrecht halten, als sich der Weiße in die letzte Reihe setzte, einen Beurteilungsprotokollbogen auf die Schreibunterlage spannte und mit gezücktem Stift wartete. Ich brachte nur ein heiseres Krächzen heraus. Guten Tag, begrüßte ich die Schüler auf Deutsch, da mir das englische Wort auf die Schnelle nicht einfiel. Die Schüler aber versuchten mir zu helfen und kritzelten auf leere Blätter Sätze und Stichworte, an denen entlang ich mich einigermaßen durch die ersten fünfzehn Minuten hangeln konnte. Danach hatte ich mich ein wenig gefangen, mein Atem ging ruhiger, ich konnte wieder etwas durch den dichten Nebel, der aus meinen Augen quoll, wahrnehmen. Ich konnte die einzelnen Gesichter der Schüler wieder erkennen und dann auch den Weißen. Fortan achtete ich nur noch auf den Weißen. Der schrieb unaufhörlich. Griff er sich ans Ohr, stockte mir der Atem. Zog sich seine Stirn zusammen bei einem von mir geäußerten Wort, rief ich sofort *falsch* in die Klasse; wenn er dann erstaunt von seinem Block aufsah, sagte ich, nein, doch richtig. Was er nur die ganze

Zeit schrieb? dachte ich unentwegt, er schrieb ja mehr als ich sagte, mehr als die Schüler sagten, er schrieb ein ganzes Buch voll, er hörte gar nicht mehr auf zu schreiben, so viele Fehler, wie er sich notiert, kann man gar nicht machen, dachte ich, vielleicht schrieb er auch andere Sachen auf, meine Haltung, ich drückte die Brust raus, meine Stimme, ich begann zu schreien, meine Schrift, ich malte die einzelnen Buchstaben in exakten Proportionen an die Tafel, ich wäre gern zu ihm hingegangen und hätte ihm über die Schulter geschaut, hätte gesagt, ach so, ja, klar ist das falsch, was ich da gesagt habe, ich habe es gewusst, in dem Moment, als ich es gesagt habe, hab ich schon gewusst, dass es falsch war, ich habe es *extra* falsch gesagt, nur, um die Schüler zu prüfen, ob sie das falsche Wort erkennen würden. Vielleicht, dachte ich plötzlich, schrieb er auch positive Dinge auf, aber nein, überlegte ich dann, was gibt es an dieser Stunde schon Positives? Kurz vorm Zusammenbruch rettete mich das Klingelzeichen, und auch die Schüler wischten sich den Schweiß von der Stirn. Ich setzte mich, öffnete mit letzter Kraft das Klassenbuch, trug mein Kürzel ein und fragte mich, was überhaupt der Stoff der soeben gehaltenen Stunde gewesen war. Ich wusste es nicht. Ich schrieb: *Wiederholung*. Dann führte mich der Weiße in ein leeres Klassenzimmer, und ich atmete tief durch, als ich mich ihm gegenüber hinsetzte und auf die Beurteilungsprotokollbögen blickte, die er vor sich auf den Knien hielt. Er hatte zehn von den Bögen voll geschrieben. Ich war auf alles gefasst. Ich dachte, er würde gleich lospoltern, schreien, mir Vorhaltungen machen, mich einen unfähigen, nutzlosen, völlig verfehlten Lehrer schelten, aber nichts dergleichen geschah. In aller Ruhe las er sich das, was er geschrieben hatte, durch, zehn Minuten, zwanzig Minuten, eine halbe Stunde, nichts. Ich fragte ihn, und? Er reagierte nicht. Noch einmal zehn Minuten, zwanzig Minuten, da sah er plötzlich auf, ich erstarrte, er nahm, langsam, so langsam es ging, seine Brille ab, ich blickte in ein Paar wässrig schimmernde hellblaue Augen, und der Weiße öffnete seine Lippen, er zog jede Silbe genüsslich in die Länge, als er sagte: KON-SE-QUEN-ZEN. Dann stand er auf, drehte sich um und ließ mich allein im Raum zurück. Ich zitterte und fühlte mich schlecht. Ich beschloss, mich für den Rest des Tages krank zu melden, dachte dann aber an Bassels Vertretungsplan und verwarf den Gedanken wieder. Ich ging ins Lehrerzimmer, das einem Schlachtfeld glich. Überall hingen Lehrer, geschlagen, erledigt, über und über von den Kämpfen der Prüfung gezeichnet. Sie wurden von denjenigen, die verschont geblieben waren, versorgt. Auch mich nahm sogleich Hilde Bräunle in Empfang, warf mir eine Decke über und brachte mich auf einen Platz auf dem Sofa, sie reichte mir Tee und rieb mir die Hände, eine grenzenlose Dankbarkeit stieg in mir hoch, Frau Bräunle, sagte ich, mit Tränen in den Augen, das werde ich Ihnen nie vergessen. Auf den Gängen, erzählte man mir, sei das Chaos ausgebrochen. Die geprüften Lehrer waren nicht mehr des Unterrichtens fähig, die unbeaufsichtigten Schüler verließen ihre Klassenräume.

In dem allgemeinen Durcheinander war ich der Einzige, der nach einer halben Stunde ein leises Klopfen an der Lehrerzimmertür vernahm. Mit wackligen Beinen stemmte ich mich vom Sofa, schleppte mich zur Tür und öffnete. Ein Fünftklässler mit riesigem Tornister stand auf dem Gang. Ich trat zu ihm hinaus. Das hier, sagte er, habe er gefunden. Er wolle es abgeben. Ich sagte nichts, krampfte meine Klaue um den Schlüssel, den er mir reichte, steckte ihn in die Hosentasche, wo er an Stramms Schlüssel klirrte, und strich mir über die Stirn. Ich erinnerte mich an meinen Schwur von heute Morgen, daran, dass ich Höllinger *zwei* Schlüssel bringen wollte, heute noch, daran, dass dann alles wieder gut wäre, dass er mich von der Liste streichen und ich fortan Höllingers Fraktion verstärken würde. Jetzt hatte ich die beiden Schlüssel. Aber in diesem Augenblick ergriff mich ein neuer Schwächeanfall, die Knie drohten mir wegzusacken, ich wankte zurück ins Lehrerzimmer und ließ mich aufs Sofa fallen, ich schloss die Augen und dachte, ich habe die Schlüssel, es kann nichts mehr schief gehen, ich muss sie nicht heute abgeben, ich kann es morgen tun, mit frischer Kraft will ich Höllinger gegenübertreten, morgen, dachte ich, morgen werde ich es tun, morgen wird er mich von der Liste streichen. Neben mir saß Kniemann und sagte, das sei typisch, noch nie sei sie geprüft worden, immer dürften die anderen ran, vor ihr und ihrem Wissen scheine man Angst zu haben, selbst die Weißen. Ich reichte ihr den Zettel mit meinen Fragen, und für die nächsten fünfzehn Minuten redete Kniemann leise flüsternd auf mich ein, und ich tat so, als hörte ich ihr zu.

## 20

Wieder zu Hause, galt mein erster Blick dem Anrufbeantworter. Ich hatte drei Nachrichten. Die Erste von meiner Mutter. Wie es mir ginge, was die Schule mache, ob ich einen guten Start erwischt hätte, wie die Kollegen seien, wie der Direktor … Ich drückte auf Löschen. Die zweite Nachricht war vom Direktor. Ihm sei zu Ohren gekommen, dass ich am heutigen Tag zwei Schlüssel an mich genommen, aber nicht ihm, Höllinger, abgeliefert hätte. Dies sei ein Vertrauensbruch ihm gegenüber und eine Missachtung meiner Pflichten als GSB. Das hätte ein Nachspiel. Morgen in der großen Pause bei ihm. Die dritte Nachricht kam von Frau Safft. Sie habe die Videokassette in der Hand, sie könne die Nummer deutlich lesen. Sie wisse zwar nicht, warum um alles in der Welt ich mich derart für diese Nummer interessiere, aber da ich am Telefon den Anschein erweckt hätte, dieser Sachverhalt sei mir nicht unwichtig, wolle sie mir mitteilen, es handle sich um die Nummer … Da war das Band meines Anrufbeantworters zu Ende gelaufen. Ich setzte mich auf den Teppich neben das Telefon und zog eine Zigarette aus der Schachtel. Ich sah auf meinem Handrücken nach, wählte, es meldete sich der Anrufbeantworter. Ich wandte mich an Herrn und Frau Safft, sie möchten doch so freundlich sein, mir noch einmal die Nummer durchzugeben.

Den Rest des Tages verbrachte ich mit Vorbereitungen, hatte aber die ganze Zeit das Gefühl, nicht bei der Sache zu sein. Um Mitternacht war ich fertig, aß und saß dann teilnahmslos im Sessel. Ich hatte den Koffer auf den Schoß genommen und hielt mich an ihm fest. Ich meditierte. Ich wählte eine Meditationsform, die ich im Referendariat während der Notenkonferenzen für die fünfte und sechste Klasse beim Verlesen der sogenannten Kopfnoten kennen gelernt hatte. Verordnungsgemäß war man dazu verpflichtet, während der Konferenzen jede einzelne Kopfnote jedes einzelnen Schülers vorzulesen, ich summte nun innerlich diese beruhigende Melodie und sah dabei das müde Nicken der um den Konferenztisch sitzenden Lehrer förmlich vor mir, auf deren Häuptern eine eigentümliche Stille und Andacht lag, als es hieß, Caroline hat ihre Aufgaben stets zur vollsten

Zufriedenheit ihrer Lehrer erfüllt, sie beteiligte sich rege am Unterricht, war immer aufmerksam, verrichtete ihre Pflichten sorgfältig und pünktlich, konnte den Stoff in seiner gesamten Fülle gut nachvollziehen und ist in der Klasse beliebt, Frank hat seine Aufgaben nicht immer zur vollsten Zufriedenheit seiner Lehrer erfüllt, er beteiligte sich gelegentlich am Unterricht, war nicht immer aufmerksam, verrichtete seine Pflichten meist sorgfältig und pünktlich, konnte den Stoff in seiner gesamten Fülle fast immer nachvollziehen und ist in der Klasse geduldet, Pia hat ihre Aufgaben nicht zur Zufriedenheit ihrer Lehrer erfüllt, sie beteiligte sich nie am Unterricht, war häufig unaufmerksam, verrichtete ihre Pflichten weder sorgfältig noch pünktlich, konnte den Stoff in seiner gesamten Fülle überhaupt nicht nachvollziehen und ist in der Klasse überaus beliebt, eine Realschulempfehlung wird ausgesprochen. Das Telefon. Ich riss die Augen auf. Ich saß in meinem Schaukelstuhl. Draußen war es hell. Acht Uhr morgens. Die Anstrengungen der letzten Tage hatten mich übermannt. Was für ein Tag war heute? Freitag? Ich war wie gelähmt und konnte meine Hand nicht ausstrecken, um nach dem Telefon zu greifen, sodass ich meiner eigenen Ansage zuhörte, um anschließend Frau

Saffts Stimme zu vernehmen, gestern sei es so spät geworden, da habe sie nicht mehr stören wollen, also hier die Nummer: 5387. Viel Glück. Dann lauschte ich auf das Schlusspiepsen des Anrufbeantworters und öffnete den Koffer. Im Koffer befanden sich ein gefälschter Pass mit einem Foto von mir auf den Namen Edwin Röder samt Abiturzeugnis, Erstem und Zweitem Staatsexamen, Ernennungsurkunde zum Studienrat, ein Mietvertrag mit Wohnungsschlüssel und genauer Lagebeschreibung in einem Frankfurter Stadtplan, ein Konto über 10 000 Euro, hinterlegt bei der Deutschen Bank, das Geld, hieß es in einem Begleitschreiben, werde ab Montag, dreizehn Uhr für mich freigegeben, falls ich mich zuvor um acht Uhr morgens am HDGG in Frankfurt einfinden würde, sollte ich mich dazu entschließen, eine Stelle in Hessen anzunehmen, bei den Roten. Außerdem fand ich noch einen dick gepolsterten Umschlag, auf dem stand *Für die Flucht aus Baden-Württemberg vielleicht von Nutzen*. Drin fand ich Pistole, Munition und eine Bedienungsanleitung. Ich las die Bedienungsanleitung, lud die Pistole, steckte sie mir vorn in die Hose, zog das Hemd drüber, verbrannte meinen alten Pass und alles, woran man meine bisherige Identität hätte festmachen können, in der Badewanne, schnappte mir einen Koffer, stopfte die neuen Dokumente und einige Kleidungsstücke und Dinge, die mir wichtig erschienen, hinein, nahm den Koffer, ging zum Bahnhof, gemütlich, langsam, ohne Eile, stieg in den Zug nach Göppingen, fand, als ich den abgeknipsten Fahrschein in den Seitentaschen meiner Jacke verstaute, die aus der Göppinger Tageszeitung herausgerissenen Wohnungsannoncen, zerknüllte sie, warf sie fort und atmete durch. In Göppingen schloss ich den Koffer in ein Schließfach und machte mich auf den Weg. Sechs, null begrüßte mich Herr Krämer. Null, nickte ich.

Ich kam gerade rechtzeitig. Fünf Minuten vor Beginn der großen Pause. Ich ging zu Pascal, der eine Freistunde hatte, und wünschte ihm viel Glück für die Verleihung der Goldenen Missio, Achim Renner musste ich trösten, da ein Schüler am gestrigen Tag eine der Statuen aus Versehen umgestoßen hatte. Kniemann, Klüting, Linnemann und die meisten anderen waren im Unterricht. Ich sagte Renner, er solle Grüße ausrichten, an alle, die ich kenne. Wieso? fragte er, was ist los? In diesem Augenblick klingelte es. Ich fragte Renner zurück, warum er nicht einfach die Schule schmeißen würde? Und dann? fragte er verständnislos. Wo soll ich dann hin? Nach Bali, sagte ich und stellte mich an die Tür zum Lehrerzimmer. Die Lehrer strömten herein. Als nach fünf Minuten alle mit Ausnahme der Pausenaufsichten vollzählig versammelt waren, zog ich einen der beiden gestern erbeuteten Schlüssel aus meiner Hosentasche, räusperte mich und rief, ich habe einen Schlüssel gefunden! Stille. Dann brachen vereinzelte Rufe aus, ein Schlüssel, schrie man, gefunden, nicht dem Direktor gegeben, bravo, Kranich! Ich fasste mir in die Tasche, holte den zweiten Schlüssel heraus und rief, ich habe noch einen Schlüssel gefunden! Jetzt drängten sich die Lehrer um mich, es lebe Kranich, riefen sie, Stramm und Klüting nahmen gerührt ihre Schlüssel entgegen, bedankten sich vielfach, auch die anderen Lehrer winkten mir lächelnd zu. Dann nahm ich den Umschlag, den der Direktor mir gegeben hatte, aus der Tasche und schrie, ich bin einer der beiden Geheimen Sicherheitsbeamten! Die Lehrer zuckten zusammen. Das ist doch Quatsch, rief Klüting, die sich als Erste gefasst hatte. Wenn das stimmte, hätten Sie uns doch nicht gerade die Schlüssel zurückgegeben. Genau, riefen einige andere Lehrer. Ich reichte Klüting den Umschlag. Das ist der Beweis, rief ich. Klüting öffnete den Umschlag. Warum sollte es zwei geben? schrie

Linnemann. Es hat noch nie zwei GSBS gegeben. Ich bin fest davon ausgegangen … Da rief Klüting entsetzt, es stimmt, es stimmt, er ist es! Die Lehrer wichen einen Schritt zurück. Ich stand immer noch an der Eingangstür und zog nun meine Pistole aus dem vorderen Hosenbund, ließ das Magazin, so, wie ich es in der Bedienungsanleitung gelesen hatte, klickend zurück- und vorschnappen, zielte in die Luft, drückte ab, ein Knall, Rauch, Putz bröckelte von der Decke, ich rief, das ist ein Überfall! Die Lehrer schwiegen. Ich sagte, Gräulich, nehmen Sie Ihren Hut und sammeln Sie sämtliche Schulschlüssel ein. Gräulich nahm den Hut vom Garderobenständer und ging an den Lehrern vorbei, von denen die meisten Mühe hatten, ihre mit Schlössern und Ketten an den Gürtelschnallen befestigten Schlüssel loszubekommen. Nach zehn Minuten trat Gräulich mit einem dick gefüllten Hut voller Schulschlüssel vor mich hin. Inzwischen waren auch die Pausenaufsichten zurückgekehrt und von mir in Empfang genommen worden. Ich nahm Gräulich den Hut ab, sagte, es rührt sich keiner von der Stelle, zielte, schoss kurz aufs Telefon, verließ das Lehrerzimmer, schloss die beiden Außentüren zu, steckte die Waffe weg und ging ins Sekretariat. Bassel lehnte gut gelaunt an der Sekretariatstheke und begrüßte mich mit den Worten, Mensch, Kranich, da wird wieder geschossen, üben denn die Oberreferendare schon für die Lehrproben? Ich zückte die Waffe und sagte, nicht dass ich wüsste. Nachdem ich Bassel und den Sekretärinnen ihre Schlüssel abgeknüpft und sie zu dritt in Bassels Büro gesperrt hatte, blieb ich einen Augenblick im Sekretariat stehen. Mein Herz schlug rascher. Zum ersten und einzigen und letzten Mal würde ich nun, heute, an meinem fünften Schultag, das Büro des Direktors betreten, ohne zuvor zu klopfen. Was wollen Sie? fragte Höllinger und sah von seinem Schreibtisch hoch. Die Waffe steckte für ihn unsichtbar in meinem Gürtel. Ich habe Ihren Auftrag erledigt, Höllinger, sagte ich. Was soll das heißen? fragte Höllinger. Schlüssel, sagte ich. Also, Sie haben Schlüssel erbeutet, sagte Höllinger. Mensch, Kranich, Glückwunsch, von wem denn? Von allen, sagte ich und kippte Gräulichs Hut vor ihm aus, sodass über sechzig rostgoldene Schulschlüssel auf seinen Schreibtisch klirrten. Höllingers Gesichtsausdruck übertraf meine Erwartungen. Alle? Das Wort quetschte sich mühsam durch seine Zähne. Wie meinen Sie das, Kranich? Alle, sagte ich. Der Direktor schwieg. Dann aber sagte ich, nein, Höllinger, nicht alle, einer fehlt noch. Und ich zog meinen eigenen Schlüssel aus der Tasche, schloss kurz die Augen und sah Jack Lemmon vor mir, der mit angewidertem Blick den Schlüssel auf den Schreibtisch seines Chefs geworfen hatte, genauso wollte ich schauen, genauso wollte ich den Schlüssel werfen, mit demselben Blick, mit derselben Haltung, mit derselben trockenen Geste des Handgelenks, und schon flog der Schlüssel aus meinen Fingern geradewegs Richtung Schreibtisch, flog durch die Luft und landete klickend auf dem Haufen der übrigen Schlüssel. Höllinger sah mich an. Ihr eigener? fragte er mich, Kranich, ihr eigener? Ich nickte. Sie kündigen? fragte er. Ich nickte wieder, siegesgewiss. Da erhob sich Höllinger, streckte mir die Hand entgegen und sagte, wenn das so sei, wünsche er mir viel Glück auf meinem weiteren Weg. Mit großen Augen reichte ich ihm die Rechte, während Höllinger mit der Linken eine Flasche Sekt aus dem Schrank hinter ihm fischte und sagte: Darauf wollen wir anstoßen, was Kranich? Da riss ich mich los, lief durch die Tür, stürmte die Treppen hinab, und das Letzte, was ich hörte, bevor ich die Schule verließ, war ein Knall.

# Epilog

Nur die Johnstraße hinter mir lassen, dachte ich, nur durch dieses Dickicht von Auspuffluft, nur an der Tankstelle vorbei, am Ölgeruch, an den blauen Spiegelfenstern der Bank, nur all das hinter mir lassen. Die Ampel, minutenlang rot, dann kurz grün. Endlich die Brücke, die Unterführung, der Akkordeonspieler. Ich rannte vorbei, zum Schließfach, nahm den Koffer und stieg in den Zug nach Frankfurt, setzte mich ins Raucherabteil, rauchte, streckte meine Füße aus, ließ die Fahrt an mir vorbeiziehen und stieg in Frankfurt aus. Ich wollte schon meinen Stadtplan aus dem Koffer kramen, als ein Mann auf mich zukam, in Rot. Folgen Sie mir, sagte er. Ich folgte ihm. Vor dem Bahnhof hielt eine Limousine, ich stieg hinten ein. Neben mir saß ein weiterer Mann im Anzug, er musterte mich und sagte nichts. Der Wagen fuhr an, und der Mann sah zum Fenster hinaus.

Wohin fahren wir? fragte ich ihn.

In Ihre Wohnung, sagte der Mann.

In meine Wohnung? fragte ich.
In Ihre Wohnung, sagte der Mann.
Wir schwiegen eine Weile.
Die Wohnung, fragte ich ihn, wo liegt sie?
Gleich neben dem Schulhof, sagte er.
Und *Sie*? fragte ich, wer sind *Sie*?
Ich bin der Mann, der Ihre Beurteilung schreibt.